Trois courtes pièces

Dossier réalisé par
Christian Zonza

Lecture d'image par
Valérie Lagier

folioplus
classiques

Christian Zonza est agrégé de lettres modernes et docteur en littérature française du XVIIe siècle. Il s'intéresse à l'écriture de l'histoire et aux rapports entre fiction et histoire. Il a enseigné à l'université de Paris-X, Versailles-Saint-Quentin et il est actuellement professeur en collège.

Conservateur au musée de Grenoble puis au musée des Beaux-Arts de Rennes, **Valérie Lagier** a organisé de nombreuses expositions d'art moderne et contemporain. Elle a créé, à Rennes, un service éducatif très innovant, et assuré de nombreuses formations d'histoire de l'art pour les enseignants et les étudiants. Elle est l'auteur de plusieurs publications scientifiques et pédagogiques. Elle est actuellement adjointe à la directrice des études de l'Institut national du Patrimoine à Paris.

Sommaire

Sommaire

La Jalousie du Barbouillé

Comédie

ACTEURS

LE BARBOUILLÉ, *mari d'Angélique.*
LE DOCTEUR.
ANGÉLIQUE, *fille de Gorgibus.*
VALÈRE, *amant d'Angélique.*
CATHAU, *suivante d'Angélique.*
GORGIBUS, *père d'Angélique.*
VILLEBREQUIN.

Scène première

LE BARBOUILLÉ

Il faut avouer que je suis le plus malheureux de tous les hommes. J'ai une femme qui me fait enrager : au lieu de me donner du soulagement et de faire les choses à mon souhait, elle me fait donner au diable[1] vingt fois le jour ; au lieu de se tenir à la maison, elle aime la promenade, la bonne chère, et fréquente je ne sais quelle sorte de gens. Ah ! pauvre Barbouillé, que tu es misérable ! Il faut pourtant la punir. Si je la tuais... L'invention ne vaut rien, car tu serais pendu. Si tu la faisais mettre en prison... La carogne[2] en sortirait avec son passe-partout. Que diable faire donc ? Mais voilà Monsieur le Docteur qui passe par ici : il faut que je lui demande un bon conseil sur ce que je dois faire.

---

1. Se faire imposer des choses difficiles à faire.
2. Charogne.

Scène 2

LE DOCTEUR, LE BARBOUILLÉ

LE BARBOUILLÉ: Je m'en allais vous chercher pour vous faire une prière sur une chose qui m'est d'importance.

LE DOCTEUR: Il faut que tu sois bien mal appris, bien lourdaud, et bien mal morigéné[1], mon ami, puisque tu m'abordes sans ôter ton chapeau, sans observer *rationem loci, temporis et personae*[2]. Quoi? débuter d'abord par un discours mal digéré, au lieu de dire: *Salve*, vel *Salvus sis, Doctor Doctorum eruditissime*[3]! Hé! pour qui me prends-tu, mon ami?

LE BARBOUILLÉ: Ma foi, excusez-moi: c'est que j'avais l'esprit en écharpe[4], et je ne songeais pas à ce que je faisais; mais je sais bien que vous êtes galant homme.

LE DOCTEUR: Sais-tu bien d'où vient le mot de *galant homme*?

LE BARBOUILLÉ: Qu'il vienne de Villejuif ou d'Aubervilliers, je ne m'en soucie guère.

LE DOCTEUR: Sache que le mot de *galant homme* vient d'*élégant*! prenant le *g* et l'*a* de la dernière syllabe, cela fait *ga*, et puis prenant *l*, ajoutant un *a* et les deux dernières lettres, cela fait *galant*, et puis ajoutant *homme*, cela fait *galant homme*. Mais encore pour qui me prends-tu?

LE BARBOUILLÉ: Je vous prends pour un docteur. Or ça, parlons un peu de l'affaire que je vous veux proposer. Il faut que vous sachiez...

---

1. Instruire aux bonnes mœurs.
2. « Ce qui convient raisonnablement au temps, au lieu et à la personne. »
3. « Salut ou sois sauf, Docteur, le plus érudit de tous les Docteurs. »
4. Avoir l'esprit estropié, c'est-à-dire sans jugement.

LE DOCTEUR : Sache auparavant que je ne suis pas seulement un docteur, mais que je suis une, deux, trois, quatre,
cinq, six, sept, huit, neuf, et dix fois docteur :

1° Parce que, comme l'unité est la base, le fondement et
le premier de tous les nombres, aussi, moi, je suis le premier de tous les docteurs, le docte des doctes.

2° Parce qu'il y a deux facultés nécessaires pour la parfaite connaissance de toutes choses : le sens[1] et l'entendement[2] ; et comme je suis tout sens et tout entendement, je
suis deux fois docteur.

LE BARBOUILLÉ : D'accord. C'est que…

LE DOCTEUR : 3° Parce que le nombre de trois est celui
de la perfection, selon Aristote[3] ; et comme je suis parfait,
et que toutes mes productions le sont aussi, je suis trois
fois docteur.

LE BARBOUILLÉ : Hé bien ! Monsieur le Docteur…

LE DOCTEUR : 4° Parce que la philosophie a quatre parties : la logique[4], morale[5], physique et métaphysique[6] ; et
comme je les possède toutes quatre, et que je suis parfaitement versé en icelles[7], je suis quatre fois docteur.

LE BARBOUILLÉ : Que diable ! je n'en doute pas. Écoutez-
moi donc.

LE DOCTEUR : 5° Parce qu'il y a cinq universelles[8] : le
genre, l'espèce, la différence, le propre et l'accident, sans la

---

1. Endroit du cerveau censé recevoir les images des objets qui ont
frappé les sens extérieurs.
2. Siège de la raison et du jugement.
3. Philosophe grec.
4. Science qui enseigne à perfectionner le raisonnement.
5. Science qui enseigne à conduire sa vie et ses actions.
6. Partie de la philosophie dans laquelle l'esprit s'élève pour
contempler les choses spirituelles et abstraites.
7. En celles-là.
8. Tout élément a cinq natures que l'on classe suivant le genre, l'espèce, la différence, le propre, l'accident. On les appelle les natures
universelles.

connaissance desquels il est impossible de faire aucun bon raisonnement ; et comme je m'en sers avec avantage, et que j'en connais l'utilité, je suis cinq fois docteur.

LE BARBOUILLÉ : Il faut que j'aie bonne patience.

LE DOCTEUR : 6° Parce que le nombre de six est le nombre du travail ; et comme je travaille incessamment pour ma gloire, je suis six fois docteur.

LE BARBOUILLÉ : Ho ! parle tant que tu voudras.

LE DOCTEUR : 7° Parce que le nombre de sept est le nombre de la félicité ; et comme je possède une parfaite connaissance de tout ce qui peut rendre heureux, et que je le suis en effet par mes talents, je me sens obligé de dire de moi-même : *O ter quatuorque beatum*[1] !

8° Parce que le nombre de huit est le nombre de la justice, à cause de l'égalité qui se rencontre en lui, et que la justice et la prudence avec laquelle je mesure et pèse toutes mes actions me rendent huit fois docteur.

9° Parce qu'il y a neuf Muses, et que je suis également chéri d'elles.

10° Parce que, comme on ne peut passer le nombre de dix sans faire une répétition des autres nombres, et qu'il est le nombre universel, aussi, aussi, quand on m'a trouvé, on a trouvé le docteur universel : je contiens en moi tous les autres docteurs. Ainsi tu vois par des raisons plausibles, vraies, démonstratives et convaincantes, que je suis une, deux, trois, quatre, cinq, six, sept, huit, neuf, et dix fois docteur.

LE BARBOUILLÉ : Que diable est ceci ? je croyais trouver un homme bien savant qui me donnerait un bon conseil, et je trouve un ramoneur de cheminée qui, au lieu de me parler, s'amuse à jouer à la mourre[2]. Un, deux, trois, quatre,

1. « Ô trois et quatre fois heureux ! »
2. Ce jeu consiste à se montrer les doigts en partie levés et en partie fermés tout en devinant le nom des doigts élevés de l'adversaire.

ha, ha, ha! — Oh bien! ce n'est pas cela: c'est que je vous prie de m'écouter, et croyez que je ne suis pas un homme à vous faire perdre vos peines, et que si vous me satisfaisiez sur ce que je veux de vous, je vous donnerai ce que vous voudrez; de l'argent, si vous en voulez.

LE DOCTEUR: Hé! de l'argent.

LE BARBOUILLÉ: Oui, de l'argent, et toute autre chose que vous pourriez demander.

LE DOCTEUR, *troussant sa robe derrière son cul*: Tu me prends donc pour un homme à qui l'argent fait tout faire, pour un homme attaché à l'intérêt, pour une âme mercenaire[1]? Sache, mon ami, que quand tu me donnerais une bourse pleine de pistoles, et que cette bourse serait dans une riche boîte, cette boîte dans un étui précieux, cet étui dans un coffret admirable, ce coffret dans un cabinet curieux, ce cabinet dans une chambre magnifique, cette chambre dans un appartement agréable, cet appartement dans un château pompeux, ce château dans une citadelle incomparable, cette citadelle dans une ville célèbre, cette ville dans une île fertile, cette île dans une province opulente, cette province dans une monarchie florissante, cette monarchie dans tout le monde; et que tu me donnerais le monde où serait cette monarchie florissante, où serait cette province opulente, où serait cette île fertile, où serait cette ville célèbre, où serait cette citadelle incomparable, où serait ce château pompeux, où serait cet appartement agréable, où serait cette chambre magnifique, où serait ce cabinet curieux, où serait ce coffret admirable, où serait cet étui précieux, où serait cette riche boîte dans laquelle serait enfermée la bourse pleine de pistoles, que je me soucierais aussi peu de ton argent et de toi que de cela.

LE BARBOUILLÉ: Ma foi, je m'y suis mépris: à cause qu'il

---

1. Facile à corrompre.

est vêtu comme un médecin, j'ai cru qu'il lui fallait parler d'argent ; mais puisqu'il n'en veut point, il n'y a rien plus aisé que de le contenter. Je m'en vais courir après lui.

Scène 3

ANGÉLIQUE, VALÈRE, CATHAU

ANGÉLIQUE : Monsieur, je vous assure que vous m'obligez beaucoup de me tenir quelquefois compagnie : mon mari est si mal bâti, si débauché, si ivrogne, que ce m'est un supplice d'être avec lui, et je vous laisse à penser quelle satisfaction on peut avoir d'un rustre comme lui.

VALÈRE : Mademoiselle, vous me faites trop d'honneur de me vouloir souffrir, et je vous promets de contribuer de tout mon pouvoir à votre divertissement ; et que, puisque vous témoignez que ma compagnie ne vous est point désagréable, je vous ferai connaître combien j'ai de joie de la bonne nouvelle que vous m'apprenez, par mes empressements.

CATHAU : Ah ! changez de discours : voyez porte-guignon[1] qui arrive.

Scène 4

LE BARBOUILLÉ, VALÈRE, ANGÉLIQUE, CATHAU

VALÈRE : Mademoiselle, je suis au désespoir de vous apporter de si méchantes nouvelles ; mais aussi bien les auriez-vous apprises de quelque autre : et puisque votre frère est fort malade…

---

1. Porte-malheur.

ANGÉLIQUE: Monsieur, ne m'en dites pas davantage; je suis votre servante, et vous rends grâces de la peine que vous avez prise.

LE BARBOUILLÉ: Ma foi, sans aller chez le notaire, voilà le certificat de mon cocuage. Ha! ha! Madame la carogne, je vous trouve avec un homme, après toutes les défenses que je vous ai faites, et vous me voulez envoyer de Gemini en Capricorne[1]!

ANGÉLIQUE: Hé bien! faut-il gronder pour cela? Ce Monsieur vient de m'apprendre que mon frère est bien malade: où est le sujet de querelles?

CATHAU: Ah! le voilà venu: je m'étonnais bien si nous aurions longtemps du repos.

LE BARBOUILLÉ: Vous vous gâteriez, par ma foi, toutes deux, mesdames les carognes; et toi, Cathau, tu corromps ma femme: depuis que tu la sers, elle ne vaut pas la moitié de ce qu'elle valait.

CATHAU: Vraiment oui, vous nous la baillez bonne[2].

ANGÉLIQUE: Laisse là cet ivrogne; ne vois-tu pas qu'il est si soûl qu'il ne sait ce qu'il dit?

Scène 5

GORGIBUS, VILLEBREQUIN, ANGÉLIQUE, CATHAU, LE BARBOUILLÉ

GORGIBUS: Ne voilà pas encore mon maudit gendre qui querelle ma fille?

VILLEBREQUIN: Il faut savoir ce que c'est.

---

1. Le Gémeaux représente l'accord du couple tandis que le Capricorne représente le mari qui porte les cornes de l'infidélité.
2. Vous dites une bourde.

GORGIBUS : Hé quoi ? toujours se quereller ! vous n'aurez point la paix dans votre ménage ?

LE BARBOUILLÉ : Cette coquine-là m'appelle ivrogne. Tiens, je suis bien tenté de te bailler une quinte major[1], en présence de tes parents.

GORGIBUS : Je dédonne au diable l'escarcelle[2], si vous l'aviez fait.

ANGÉLIQUE : Mais aussi c'est lui qui commence toujours à…

CATHAU : Que maudite soit l'heure que vous avez choisi ce grigou !…

VILLEBREQUIN : Allons, taisez-vous, la paix !

Scène 6

LE DOCTEUR, VILLEBREQUIN, GORGIBUS, CATHAU, ANGÉLIQUE, LE BARBOUILLÉ

LE DOCTEUR : Qu'est ceci ? quel désordre ! quelle querelle ! quel grabuge ! quel vacarme ! quel bruit ! quel différend ! quelle combustion ! Qu'y a-t-il, Messieurs ? Qu'y a-t-il ? Qu'y a-t-il ? Çà, çà, voyons un peu s'il n'y a pas moyen de vous mettre d'accord, que je sois votre pacificateur, que j'apporte l'union chez vous.

GORGIBUS : C'est mon gendre et ma fille qui ont eu bruit ensemble.

LE DOCTEUR : Et qu'est-ce que c'est ? voyons, dites-moi un peu la cause de leur différend.

---

1. C'est, au jeu de cartes, cinq cartes de même couleur. Ici, cela représente la gifle et les cinq doigts de la main que va recevoir Angélique sur le visage.

2. Juron qui signifie : « J'aurais donné une bourse d'argent au diable si vous aviez giflé ma fille. »

GORGIBUS : Monsieur…

LE DOCTEUR : Mais en peu de paroles.

GORGIBUS : Oui-da. Mettez donc votre bonnet.

LE DOCTEUR : Savez-vous d'où vient le mot bonnet ?

GORGIBUS : Nenni.

LE DOCTEUR : Cela vient de *bonum est*, « bon est, voilà qui est bon », parce qu'il garantit des catarrhes et fluxions.

GORGIBUS : Ma foi, je ne savais pas cela.

LE DOCTEUR : Dites donc vite cette querelle.

GORGIBUS : Voici ce qui est arrivé…

LE DOCTEUR : Je ne crois pas que vous soyez homme à me tenir longtemps, puisque je vous en prie. J'ai quelques affaires pressantes qui m'appellent à la ville ; mais pour remettre la paix dans votre famille, je veux bien m'arrêter un moment.

GORGIBUS : J'aurai fait en un moment.

LE DOCTEUR : Soyez donc bref.

GORGIBUS : Voilà qui est fait incontinent.

LE DOCTEUR : Il faut avouer, Monsieur Gorgibus, que c'est une belle qualité que de dire les choses en peu de paroles, et que les grands parleurs, au lieu de se faire écouter, se rendent le plus souvent si importuns qu'on ne les entend point : *Virtutem primam esse puta compescere linguam* [1]. Oui, la plus belle qualité d'un honnête homme, c'est de parler peu.

GORGIBUS : Vous saurez donc…

LE DOCTEUR : Socrate recommandait trois choses fort soigneusement à ses disciples : la retenue dans les actions, la sobriété dans le manger, et de dire les choses en peu de paroles. Commencez donc, Monsieur Gorgibus.

GORGIBUS : C'est ce que je veux faire.

---

1. « Pense que la première vertu est de tenir sa langue. »

LE DOCTEUR : En peu de mots, sans façon, sans vous amuser à beaucoup de discours, tranchez-moi d'un apophtegme[1], vite, vite, Monsieur Gorgibus, dépêchons, évitez la prolixité.

GORGIBUS : Laissez-moi donc parler.

LE DOCTEUR : Monsieur Gorgibus, touchez là : vous parlez trop ; il faut que quelque autre me dise la cause de leur querelle.

VILLEBREQUIN : Monsieur le Docteur, vous saurez que...

LE DOCTEUR : Vous êtes un ignorant, un indocte, un homme ignare de toutes les bonnes disciplines, un âne en bon français. Hé quoi ? vous commencez la narration sans avoir fait un mot d'exorde[2] ? Il faut que quelque autre me conte le désordre. Mademoiselle, contez-moi un peu le détail de ce vacarme.

ANGÉLIQUE : Voyez-vous bien là mon gros coquin, mon sac à vin de mari ?

LE DOCTEUR : Doucement, s'il vous plaît : parlez avec respect de votre époux, quand vous êtes devant la moustache d'un docteur comme moi.

ANGÉLIQUE : Ah ! vraiment oui, docteur ! Je me moque bien de vous et de votre doctrine, et je suis docteur quand je veux.

LE DOCTEUR : Tu es docteur quand tu veux, mais je pense que tu es un plaisant docteur. Tu as la mine de suivre fort ton caprice : des parties d'oraison[3], tu n'aimes que la conjonction ; des genres, le masculin ; des déclinaisons, le génitif[4] ; de la syntaxe, *mobile cum fixo*[5] ! et enfin de la quan-

---

1. Parole sentencieuse.
2. Première partie d'un discours.
3. Les parties de la grammaire sont les suivantes : le nom, le verbe, l'adverbe, le participe, la préposition, la conjonction.
4. Cas de déclinaison latine utilisé pour le complément du nom.
5. « Le mobile et le fixe. »

tité[1], tu n'aimes que le dactyle, *quia constat ex una longa et duabus brevibus*[2]. Venez çà, vous, dites-moi un peu quelle est la cause, le sujet de votre combustion.

LE BARBOUILLÉ: Monsieur le Docteur...

LE DOCTEUR: Voilà qui est bien commencé: «Monsieur le Docteur!» ce mot de docteur a quelque chose de doux à l'oreille, quelque chose plein d'emphase: «Monsieur le Docteur!»

LE BARBOUILLÉ: À la mienne volonté...

LE DOCTEUR: Voilà qui est bien: «À la mienne volonté!» La volonté présuppose le souhait, le souhait présuppose des moyens pour arriver à ses fins, et la fin présuppose un objet: voilà qui est bien: «À la mienne volonté!»

LE BARBOUILLÉ: J'enrage.

LE DOCTEUR: Ôtez-moi ce mot: «j'enrage»; voilà un terme bas et populaire.

LE BARBOUILLÉ: Hé! Monsieur le Docteur, écoutez-moi, de grâce.

LE DOCTEUR: *Audi, quaeso*[3], aurait dit Cicéron[4].

LE BARBOUILLÉ: Oh! ma foi, si se rompt, si se casse, ou si se brise, je ne m'en mets guère en peine; mais tu m'écouteras, ou je te vais casser ton museau doctoral et que diable donc est ceci?

> *Le Barbouillé, Angélique, Gorgibus,*
> *Cathau, Villebrequin parlent tous à la*
> *fois, voulant dire la cause de la que-*
> *relle, et le Docteur aussi, disant que la*

---

1. Dans la langue latine, il y a des accents brefs et des accents longs.
2. «C'est un accent composé d'un accent long et de deux accents brefs.»
3. «Écoute, s'il te plaît.»
4. Homme politique et orateur latin (106-43 av. J.-C.).

> paix est une belle chose, et font un
> bruit confus de leurs voix; et pendant
> tout le bruit, Barbouillé attache le
> Docteur par le pied, et le fait tomber;
> le Docteur se doit laisser tomber sur
> le dos; le Barbouillé l'entraîne par la
> corde qu'il lui a attachée au pied, et,
> en l'entraînant, le Docteur doit tou-
> jours parler, et compter par ses doigts
> toutes ses raisons, comme s'il n'était
> point à terre, alors qu'il ne paraît
> plus.

GORGIBUS: Allons, ma fille, retirez-vous chez vous et vivez bien avec votre mari.

VILLEBREQUIN: Adieu, serviteur et bonsoir.

Scène 7

VALÈRE, LA VALLÉE. *Angélique s'en va.*

VALÈRE: Monsieur, je vous suis obligé du soin que vous avez pris, et je vous promets de me rendre à l'assignation[1] que vous me donnez, dans une heure.

LA VALLÉE: Cela ne peut se différer; et si vous tardez un quart d'heure, le bal sera fini dans un moment, et vous n'au- rez pas le bien d'y voir celle que vous aimez, si vous n'y venez tout présentement.

VALÈRE: Allons donc ensemble de ce pas.

---

1. Rendez-vous.

Scène 8

ANGÉLIQUE

Cependant que mon mari n'y est pas, je vais faire un tour à un bal que donne une de mes voisines. Je serai revenue auparavant lui, car il est quelque part au cabaret : il ne s'apercevra pas que je suis sortie. Ce maroufle-là me laisse toute seule à la maison, comme si j'étais son chien.

Scène 9

LE BARBOUILLÉ

Je savais bien que j'aurais raison de ce diable de Docteur, et de toute sa fichue doctrine. Au diable l'ignorant ! j'ai bien renvoyé toute la science par terre. Il faut pourtant que j'aille un peu voir si notre bonne ménagère m'aura fait à souper.

Scène 10

ANGÉLIQUE

Que je suis malheureuse ! j'ai été trop tard, l'assemblée est finie : je suis arrivée justement comme tout le monde sortait ; mais il n'importe, ce sera pour une autre fois. Je m'en vais cependant au logis comme si de rien n'était. Mais la porte est fermée. Cathau ! Cathau !

Scène 11

LE BARBOUILLÉ, *à la fenêtre*, ANGÉLIQUE

LE BARBOUILLÉ: Cathau, Cathau! Hé bien! qu'a-t-elle fait, Cathau? et d'où venez-vous, Madame la carogne, à l'heure qu'il est, et par le temps qu'il fait?

ANGÉLIQUE: D'où je viens? ouvre-moi seulement, et je te le dirai après.

LE BARBOUILLÉ: Oui? Ah! ma foi, tu peux aller coucher d'où tu viens, ou, si tu l'aimes mieux, dans la rue: je n'ouvre point à une coureuse comme toi. Comment, diable! être toute seule à l'heure qu'il est! Je ne sais si c'est imagination, mais mon front m'en paraît plus rude de moitié.

ANGÉLIQUE: Hé bien! pour être toute seule, qu'en veux-tu dire? Tu me querelles quand je suis en compagnie: comment faut-il donc faire?

LE BARBOUILLÉ: Il faut être retiré à la maison, donner ordre au souper, avoir soin du ménage, des enfants; mais sans tant de discours inutiles, adieu, bonsoir, va-t'en au diable et me laisse en repos.

ANGÉLIQUE: Tu ne veux pas m'ouvrir?

LE BARBOUILLÉ: Non, je n'ouvrirai pas.

ANGÉLIQUE: Hé! mon pauvre petit mari, je t'en prie, ouvre-moi, mon cher petit cœur!

LE BARBOUILLÉ: Ah, crocodile! ah, serpent dangereux! tu me caresses pour me trahir.

ANGÉLIQUE: Ouvre, ouvre donc!

LE BARBOUILLÉ: Adieu! *Vade retro, Satanas*[1].

ANGÉLIQUE: Quoi? tu ne m'ouvriras point?

LE BARBOUILLÉ: Non.

---

1. « Arrière, Satan. »

ANGÉLIQUE: Tu n'as point de pitié de ta femme, qui t'aime tant?

LE BARBOUILLÉ: Non, je suis inflexible: tu m'as offensé, je suis vindicatif comme tous les diables, c'est-à-dire bien fort; je suis inexorable.

ANGÉLIQUE: Sais-tu bien que si tu me pousses à bout, et que tu me mettes en colère, je ferai quelque chose dont tu te repentiras?

LE BARBOUILLÉ: Et que feras-tu, bonne chienne?

ANGÉLIQUE: Tiens, si tu ne m'ouvres, je m'en vais me tuer devant la porte; mes parents, qui sans doute viendront ici auparavant de se coucher, pour savoir si nous sommes bien ensemble, me trouveront morte, et tu seras pendu.

LE BARBOUILLÉ: Ah, ah, ah, ah, la bonne bête! et qui y perdra le plus de nous deux? Va, va, tu n'es pas si sotte que de faire ce coup-là.

ANGÉLIQUE: Tu ne le crois donc pas? Tiens, tiens, voilà mon couteau tout prêt: si tu ne m'ouvres, je m'en vais tout à cette heure m'en donner dans le cœur.

LE BARBOUILLÉ: Prends garde, voilà qui est bien pointu.

ANGÉLIQUE: Tu ne veux donc pas m'ouvrir?

LE BARBOUILLÉ: Je t'ai déjà dit vingt fois que je n'ouvrirai point; tue-toi, crève, va-t'en au diable, je ne m'en soucie pas.

ANGÉLIQUE, *faisant semblant de se frapper*: Adieu donc!… Ay! je suis morte.

LE BARBOUILLÉ: Serait-elle bien assez sotte pour avoir fait ce coup-là? Il faut que je descende avec la chandelle pour aller voir.

ANGÉLIQUE: Il faut que je t'attrape. Si je peux entrer dans la maison subtilement, cependant que tu me chercheras, chacun aura bien son tour.

LE BARBOUILLÉ: Hé bien! ne savais-je pas bien qu'elle

n'était pas si sotte? Elle est morte, et si elle court comme le cheval de Pacolet[1]. Ma foi, elle m'avait fait peur tout de bon. Elle a bien fait de gagner au pied; car si je l'eusse trouvée en vie, après m'avoir fait cette frayeur-là, je lui aurais apostrophé cinq ou six clystères[2] de coups de pied dans le cul, pour lui apprendre à faire la bête. Je m'en vais me coucher cependant. Oh! oh! je pense que le vent a fermé la porte. Hé! Cathau, Cathau, ouvre-moi.

ANGÉLIQUE: Cathau, Cathau! Hé bien! qu'a-t-elle fait, Cathau? Et d'où venez-vous, Monsieur l'ivrogne? Ah! vraiment, va, mes parents, qui vont venir dans un moment, sauront tes vérités. Sac à vin infâme, tu ne bouges du cabaret, et tu laisses une pauvre femme avec des petits enfants, sans savoir s'ils ont besoin de quelque chose, à croquer le marmot[3] tout le long du jour.

LE BARBOUILLÉ: Ouvre vite, diablesse que tu es, ou je te casserai la tête.

Scène 12

GORGIBUS, VILLEBREQUIN, ANGÉLIQUE, LE BARBOUILLÉ

GORGIBUS: Qu'est ceci? toujours de la dispute, de la querelle et de la dissension!

VILLEBREQUIN: Hé quoi? vous ne serez jamais d'accord?

ANGÉLIQUE: Mais voyez un peu, le voilà qui est soûl, et revient, à l'heure qu'il est, faire un vacarme horrible; il me menace.

_____

1. Le nain Pacolet avait inventé un cheval de bois qui allait dans les airs plus vite qu'un oiseau.
2. Lavements.
3. Attendre.

GORGIBUS: Mais aussi ce n'est pas là l'heure de revenir. Ne devriez-vous pas, comme un bon père de famille, vous retirer de bonne heure, et bien vivre avec votre femme?

LE BARBOUILLÉ: Je me donne au diable, si j'ai sorti de la maison, et demandez plutôt à ces Messieurs qui sont là-bas dans le parterre; c'est elle qui ne fait que de revenir. Ah! que l'innocence est opprimée!

VILLEBREQUIN: Çà, çà; allons, accordez-vous; demandez-lui pardon.

LE BARBOUILLÉ: Moi, pardon! j'aimerais mieux que le diable l'eût emportée. Je suis dans une colère que je ne me sens pas.

GORGIBUS: Allons, ma fille, embrassez votre mari, et soyez bons amis.

Scène 13 et dernière

LE DOCTEUR, *à la fenêtre, en bonnet de nuit et en camisole*, LE BARBOUILLÉ, VILLEBREQUIN, GORGIBUS, ANGÉLIQUE

LE DOCTEUR: Hé quoi? toujours du bruit, du désordre, de la dissension, des querelles, des débats, des différends, des combustions, des altercations éternelles. Qu'est-ce? qu'y a-t-il donc? On ne saurait avoir du repos.

VILLEBREQUIN: Ce n'est rien, Monsieur le Docteur; tout le monde est d'accord.

LE DOCTEUR: À propos d'accord, voulez-vous que je vous lise un chapitre d'Aristote, où il prouve que toutes les parties de l'univers ne subsistent que par l'accord qui est entre elles?

VILLEBREQUIN: Cela est-il bien long?

LE DOCTEUR: Non, cela n'est pas long: cela contient environ soixante ou quatre-vingts pages.

VILLEBREQUIN: Adieu, bonsoir! nous vous remercions.

GORGIBUS: Il n'en est pas de besoin.

LE DOCTEUR: Vous ne le voulez pas?

GORGIBUS: Non.

LE DOCTEUR: Adieu donc! puisqu'ainsi est; bonsoir! *latine, bona nox* [1].

VILLEBREQUIN: Allons-nous-en souper ensemble, nous autres.

---

1. «En latin, bonne nuit.»

Le Médecin volant

Comédie

ACTEURS

VALÈRE, *amant de Lucile.*
SABINE, *cousine de Lucile.*
SGANARELLE, *valet de Valère.*
GORGIBUS, *père de Lucile.*
GROS-RENÉ, *valet de Gorgibus.*
LUCILE, *fille de Gorgibus.*
UN AVOCAT.

Scène première

VALÈRE, SABINE

VALÈRE: Hé bien! Sabine, quel conseil me donneras-tu?

SABINE: Vraiment, il y a bien des nouvelles. Mon oncle veut résolument que ma cousine épouse Villebrequin, et les affaires sont tellement avancées que je crois qu'ils eussent été mariés dès aujourd'hui, si vous n'étiez aimé; mais comme ma cousine m'a confié le secret de l'amour qu'elle vous porte, et que nous nous sommes vues à l'extrémité par l'avarice de mon vilain oncle, nous nous sommes avisées d'une bonne invention pour différer le mariage. C'est que ma cousine, dès l'heure que je vous parle, contrefait la malade; et le bon vieillard, qui est assez crédule, m'envoie quérir un médecin. Si vous en pouviez envoyer quelqu'un qui fût de vos bons amis, et qui fût de notre intelligence, il conseillerait à la malade de prendre l'air à la campagne. Le bonhomme ne manquera pas de faire loger ma cousine à ce pavillon qui est au bout de notre jardin, et par ce moyen vous pourriez l'entretenir à l'insu de notre vieillard, l'épouser, et le laisser pester tout son soûl[1] avec Villebrequin.

---

1. Tant qu'il voudra.

VALÈRE: Mais le moyen de trouver sitôt un médecin à ma poste[1], et qui voulût tant hasarder pour mon service? Je te le dis franchement, je n'en connais pas un.

SABINE: Je songe une chose: si vous faisiez habiller votre valet en médecin? Il n'y a rien de si facile à duper que le bonhomme.

VALÈRE: C'est un lourdaud qui gâtera tout; mais il faut s'en servir faute d'autre. Adieu, je le vais chercher. Où diable trouver ce maroufle[2] à présent? Mais le voici tout à propos.

Scène 2

VALÈRE, SGANARELLE

VALÈRE: Ah! mon pauvre Sganarelle, que j'ai de joie de te voir! J'ai besoin de toi dans une affaire de conséquence; mais, comme que je ne sais pas ce que tu sais faire…

SGANARELLE: Ce que je sais faire, Monsieur? Employez-moi seulement en vos affaires de conséquence, en quelque chose d'importance: par exemple, envoyez-moi voir quelle heure il est à une horloge, voir combien le beurre vaut au marché, abreuver un cheval; c'est alors que vous connaîtrez ce que je sais faire.

VALÈRE: Ce n'est pas cela: c'est qu'il faut que tu contrefasses le médecin.

SGANARELLE: Moi, médecin, Monsieur! Je suis prêt à faire tout ce qu'il vous plaira; mais pour faire le médecin, je suis assez votre serviteur pour n'en rien faire du tout; et par quel bout m'y prendre, bon Dieu? Ma foi! Monsieur, vous vous moquez de moi.

---

1. À ma convenance.
2. Injure pour les gens gros.

VALÈRE: Si tu veux entreprendre cela, va, je te donnerai dix pistoles.

SGANARELLE: Ah! pour dix pistoles, je ne dis pas que je ne sois médecin; car, voyez-vous bien, Monsieur? je n'ai pas l'esprit tant, tant subtil, pour vous dire la vérité; mais, quand je serai médecin, où irai-je?

VALÈRE: Chez le bonhomme Gorgibus, voir sa fille, qui est malade; mais tu es un lourdaud qui, au lieu de bien faire, pourrais bien...

SGANARELLE: Hé! mon Dieu, Monsieur, ne soyez point en peine; je vous réponds que je ferai aussi bien mourir une personne qu'aucun médecin qui soit dans la ville. On dit un proverbe, d'ordinaire: *Après la mort le médecin*; mais vous verrez que, si je m'en mêle, on dira: Après le médecin, gare la mort! Mais néanmoins, quand je songe, cela est bien difficile de faire le médecin; et si je ne fais rien qui vaille...?

VALÈRE: Il n'y a rien de si facile en cette rencontre: Gorgibus est un homme simple, grossier, qui se laissera étourdir de ton discours, pourvu que tu parles d'Hippocrate et de Galien[1], et que tu sois un peu effronté.

SGANARELLE: C'est-à-dire qu'il lui faudra parler philosophie, mathématique. Laissez-moi faire; s'il est un homme facile, comme vous le dites, je vous réponds de tout; venez seulement me faire avoir un habit de médecin, et m'instruire de ce qu'il faut faire, et me donner mes licences[2], qui sont les dix pistoles promises.

---

1. Deux fameux médecins de l'Antiquité dont il est souvent question, le premier du ve siècle avant J.-C. et le second du iie siècle après J.-C.
2. Année d'étude entre le niveau de bachelier et celui de docteur.

Scène 3

GORGIBUS, GROS-RENÉ

GORGIBUS : Allez vitement chercher un médecin ; car ma fille est bien malade, et dépêchez-vous.

GROS-RENÉ : Que diable aussi ! pourquoi vouloir donner votre fille à un vieillard ? Croyez-vous que ce ne soit pas le désir qu'elle a d'avoir un jeune homme qui la travaille ? Voyez-vous la connexité qu'il y a, etc. *(Galimatias.)*

GORGIBUS : Va-t'en vite : je vois bien que cette maladie-là reculera bien les noces.

GROS-RENÉ : Et c'est ce qui me fait enrager : je croyais refaire mon ventre d'une bonne carrelure[1], et m'en voilà sevré. Je m'en vais chercher un médecin pour moi aussi bien que pour votre fille ; je suis désespéré.

Scène 4

SABINE, GORGIBUS, SGANARELLE

SABINE : Je vous trouve à propos, mon oncle, pour vous apprendre une bonne nouvelle. Je vous amène le plus habile médecin du monde, un homme qui vient des pays étrangers, qui sait les plus beaux secrets, et qui sans doute guérira ma cousine. On me l'a indiqué par bonheur, et je vous l'amène. Il est si savant que je voudrais de bon cœur être malade, afin qu'il me guérît.

GORGIBUS : Où est-il donc ?

SABINE : Le voilà qui me suit ; tenez, le voilà.

---

1. Un bon repas qui n'a rien coûté.

GORGIBUS: Très humble serviteur à Monsieur le Médecin! Je vous envoie quérir pour voir ma fille, qui est malade; je mets toute mon espérance en vous.

SGANARELLE: Hippocrate dit, et Galien par vives raisons persuade qu'une personne ne se porte pas bien quand elle est malade. Vous avez raison de mettre votre espérance en moi; car je suis le plus grand, le plus habile, le plus docte médecin qui soit dans la faculté végétale, sensitive et minérale [1].

GORGIBUS: J'en suis fort ravi.

SGANARELLE: Ne vous imaginez pas que je sois un médecin ordinaire, un médecin du commun. Tous les autres médecins ne sont, à mon égard, que des avortons de médecine. J'ai des talents particuliers, j'ai des secrets. *Salamalec, salamalec* [2]. «Rodrigue, as-tu du cœur [3]?» *Signor, si; segnor, non* [4]. *Per omnia saecula saeculorum* [5]. Mais encore voyons un peu.

SABINE: Hé! ce n'est pas lui qui est malade, c'est sa fille.

SGANARELLE: Il n'importe: le sang du père et de la fille ne sont qu'une même chose; et par l'altération de celui du père, je puis connaître la maladie de la fille. Monsieur Gorgibus, y aurait-il moyen de voir de l'urine de l'égrotante [6]?

GORGIBUS: Oui-da; Sabine, vite allez quérir de l'urine de ma fille. Monsieur le Médecin, j'ai grand-peur qu'elle ne meure.

SGANARELLE: Ah! qu'elle s'en garde bien! il ne faut pas qu'elle s'amuse à se laisser mourir sans l'ordonnance du

---

1. Aucun sens dans la bouche de Sganarelle.
2. Formule de salutation empruntée à l'arabe qui signifie «paix sur toi».
3. Phrase extraite du *Cid* de Corneille.
4. Mélange d'italien et de mauvais latin qui signifierait «Vieillard oui, mais encore zélé».
5. «Dans les siècles des siècles», expression biblique en latin qui signifie «à tout jamais».
6. Souffrante, maladive.

médecin. Voilà de l'urine qui marque grande chaleur, grande inflammation dans les intestins : elle n'est pas tant mauvaise pourtant.

GORGIBUS : Hé quoi ? Monsieur, vous l'avalez ?

SGANARELLE : Ne vous étonnez pas de cela ; les médecins, d'ordinaire, se contentent de la regarder ; mais moi, qui suis un médecin hors du commun, je l'avale, parce qu'avec le goût je discerne bien mieux la cause et les suites de la maladie. Mais, à vous dire la vérité, il y en avait trop peu pour asseoir un bon jugement : qu'on la fasse encore pisser.

SABINE : J'ai bien eu de la peine à la faire pisser.

SGANARELLE : Que cela ? voilà bien de quoi ! Faites-la pisser copieusement, copieusement. Si tous les malades pissent de la sorte, je veux être médecin toute ma vie.

SABINE : Voilà tout ce qu'on peut avoir : elle ne peut pas pisser davantage.

SGANARELLE : Quoi ? Monsieur Gorgibus, votre fille ne pisse que des gouttes ! voilà une pauvre pisseuse que votre fille ; je vois bien qu'il faudra que je lui ordonne une potion pissative. N'y aurait-il pas moyen de voir la malade ?

SABINE : Elle est levée ; si vous voulez, je la ferai venir.

Scène 5

LUCILE, SABINE, GORGIBUS, SGANARELLE

SGANARELLE : Hé bien ! Mademoiselle, vous êtes malade ?

LUCILE : Oui, Monsieur.

SGANARELLE : Tant pis ! c'est une marque que vous ne vous portez pas bien. Sentez-vous de grandes douleurs à la tête, aux reins ?

LUCILE : Oui, Monsieur.

SGANARELLE: C'est fort bien fait. Oui, ce grand médecin, au chapitre qu'il a fait de la nature des animaux, dit... cent belles choses; et comme les humeurs[1] qui ont de la connexité ont beaucoup de rapport; car, par exemple, comme la mélancolie est ennemie de la joie, et que la bile[2] qui se répand par le corps nous fait devenir jaunes, et qu'il n'est rien plus contraire à la santé que la maladie, nous pouvons dire, avec ce grand homme, que votre fille est fort malade. Il faut que je vous fasse une ordonnance.

GORGIBUS: Vite une table, du papier, de l'encre.

SGANARELLE: Y a-t-il ici quelqu'un qui sache écrire?

GORGIBUS: Est-ce que vous ne le savez point?

SGANARELLE: Ah! je ne m'en souvenais pas; j'ai tant d'affaires dans la tête, que j'oublie la moitié... — Je crois qu'il serait nécessaire que votre fille prît un peu l'air, qu'elle se divertît à la campagne.

GORGIBUS: Nous avons un fort beau jardin, et quelques chambres qui y répondent; si vous le trouvez à propos, je l'y ferai loger.

SGANARELLE: Allons, allons visiter les lieux.

Scène 6

L'AVOCAT

J'ai ouï dire que la fille de M. Gorgibus était malade: il faut que je m'informe de sa santé, et que je lui offre mes services comme ami de toute sa famille. Holà! holà! M. Gorgibus y est-il?

---

1. En termes de médecine, ce sont les quatre substances liquides qui sont, dans le corps, la cause des tempéraments (le flegme, le sang, la bile et la mélancolie).

2. Voir note précédente.

Scène 7

GORGIBUS, L'AVOCAT

GORGIBUS : Monsieur, votre très humble, etc.

L'AVOCAT : Ayant appris la maladie de Mademoiselle votre fille, je vous suis venu témoigner la part que j'y prends, et vous faire offre de tout ce qui dépend de moi.

GORGIBUS : J'étais là dedans avec le plus savant homme.

L'AVOCAT : N'y aurait-il pas moyen de l'entretenir un moment ?

Scène 8

GORGIBUS, L'AVOCAT, SGANARELLE

GORGIBUS : Monsieur, voilà un fort habile homme de mes amis qui souhaiterait de vous parler et vous entretenir.

SGANARELLE : Je n'ai pas le loisir, Monsieur Gorgibus : il faut aller à mes malades. Je ne prendrai pas la droite avec vous [1], Monsieur.

L'AVOCAT : Monsieur, après ce que m'a dit M. Gorgibus de votre mérite et de votre savoir, j'ai eu la plus grande passion du monde d'avoir l'honneur de votre connaissance, et j'ai pris la liberté de vous saluer à ce dessein : je crois que vous ne le trouverez pas mauvais. Il faut avouer que tous ceux qui excellent en quelque science sont dignes de grande louange, et particulièrement ceux qui font profession de la médecine, tant à cause de son utilité, que parce qu'elle contient en elle plusieurs autres sciences, ce qui

---

1. Je ne vous suivrai pas.

rend sa parfaite connaissance fort difficile ; et c'est fort à propos qu'Hippocrate dit dans son premier aphorisme : *Vita brevis, ars vero longa, occasio autem praeceps, experimentum periculosum, judicium difficile*[1].

SGANARELLE, *à Gorgibus*: *Ficile tantina pota baril cambustibus*[2].

L'AVOCAT : Vous n'êtes pas de ces médecins qui ne vous appliquez qu'à la médecine qu'on appelle rationale ou dogmatique, et je crois que vous l'exercez tous les jours avec beaucoup de succès : *experientia magistra rerum*[3]. Les premiers hommes qui firent profession de la médecine furent tellement estimés d'avoir cette belle science, qu'on les mit au nombre des Dieux pour les belles cures qu'ils faisaient tous les jours. Ce n'est pas qu'on doive mépriser un médecin qui n'aurait pas rendu la santé à son malade, parce qu'elle ne dépend pas absolument de ses remèdes, ni de son savoir :

Interdum docta plus valet arte malum[4].

Monsieur, j'ai peur de vous être importun : je prends congé de vous, dans l'espérance que j'ai qu'à la première vue j'aurai l'honneur de converser avec vous avec plus de loisir. Vos heures vous sont précieuses, etc.

Il sort.

GORGIBUS : Que vous semble de cet homme-là ?

SGANARELLE : Il sait quelque petite chose. S'il fût demeuré tant soit peu davantage, je l'allais mettre sur une matière sublime et relevée. Cependant, je prends congé de vous. *(Gorgibus lui donne de l'argent.)* Hé ! que voulez-vous faire ?

---

1. « La vie est courte, l'art est long à acquérir, l'occasion fugitive, l'expérience périlleuse, le jugement difficile. »
2. Latin inventé par Sganarelle.
3. « L'expérience est maîtresse des choses. »
4. « Parfois le mal est plus fort que l'art docte. »

GORGIBUS : Je sais bien ce que je vous dois.

SGANARELLE : Vous vous moquez, Monsieur Gorgibus. Je n'en prendrai pas, je ne suis pas un homme mercenaire. *(Il prend l'argent.)* Votre très humble serviteur.

> *Sganarelle sort et Gorgibus rentre dans sa maison.*

Scène 9

VALÈRE

Je ne sais ce qu'aura fait Sganarelle : je n'ai point eu de ses nouvelles, et je suis fort en peine où je le pourrais rencontrer. *(Sganarelle revient en habit de valet.)* Mais bon, le voici. Hé bien ! Sganarelle, qu'as-tu fait depuis que je ne t'ai point vu ?

Scène 10

SGANARELLE, VALÈRE

SGANARELLE : Merveille sur merveille : j'ai si bien fait que Gorgibus me prend pour un habile médecin. Je me suis introduit chez lui, et lui ai conseillé de faire prendre l'air à sa fille, laquelle est à présent dans un appartement qui est au bout de leur jardin, tellement qu'elle est fort éloignée du vieillard, et que vous pouvez l'aller voir commodément.

VALÈRE : Ah ! que tu me donnes de joie ! Sans perdre de temps, je la vais trouver de ce pas.

SGANARELLE : Il faut avouer que ce bonhomme Gorgibus est un vrai lourdaud de se laisser tromper de la sorte. *(Apercevant Gorgibus.)* Ah ! ma foi, tout est perdu : c'est à ce coup que voilà la médecine renversée, mais il faut que je le trompe.

Scène 11

SGANARELLE, GORGIBUS

GORGIBUS : Bonjour, Monsieur.

SGANARELLE : Monsieur, votre serviteur. Vous voyez un pauvre garçon au désespoir ; ne connaissez-vous pas un médecin qui est arrivé depuis peu en cette ville, qui fait des cures admirables ?

GORGIBUS : Oui, je le connais : il vient de sortir de chez moi.

SGANARELLE : Je suis son frère, Monsieur ; nous sommes gémeaux[1] ; et comme nous nous ressemblons fort, on nous prend quelquefois l'un pour l'autre.

GORGIBUS : Je [me] dédonne au diable[2] si je n'y ai été trompé. Et comme vous nommez-vous ?

SGANARELLE : Narcisse, Monsieur, pour vous rendre service. Il faut que vous sachiez qu'étant dans son cabinet, j'ai répandu deux fioles d'essence qui étaient sur le bout de sa table ; aussitôt il s'est mis dans une colère si étrange contre moi, qu'il m'a mis hors du logis, et ne me veut plus jamais voir, tellement que je suis un pauvre garçon à présent sans appui, sans support[3], sans aucune connaissance.

GORGIBUS : Allez, je ferai votre paix : je suis de ses amis, et je vous promets de vous remettre avec lui. Je lui parlerai d'abord que je le verrai.

---

1. Jumeaux.
2. Voir n. 2 p. 14.
3. Sans secours, sans protection.

SGANARELLE: Je vous serai bien obligé, Monsieur Gorgibus.

> *Sganarelle sort et rentre aussitôt avec sa robe de médecin.*

Scène 12

SGANARELLE, GORGIBUS

SGANARELLE: Il faut avouer que, quand les malades ne veulent pas suivre l'avis du médecin, et qu'ils s'abandonnent à la débauche que…

GORGIBUS: Monsieur le Médecin, votre très humble serviteur. Je vous demande une grâce.

SGANARELLE: Qu'y a-t-il, Monsieur? est-il question de vous rendre service?

GORGIBUS: Monsieur, je viens de rencontrer Monsieur votre frère, qui est tout à fait fâché de…

SGANARELLE: C'est un coquin, Monsieur Gorgibus.

GORGIBUS: Je vous réponds qu'il est tellement contrit de vous avoir mis en colère…

SGANARELLE: C'est un ivrogne, Monsieur Gorgibus.

GORGIBUS: Hé! Monsieur, vous voulez désespérer ce pauvre garçon?

SGANARELLE: Qu'on ne m'en parle plus; mais voyez l'impudence de ce coquin-là, de vous aller trouver pour faire son accord; je vous prie de ne m'en pas parler.

GORGIBUS: Au nom de Dieu, Monsieur le Médecin! et faites cela pour l'amour de moi. Si je suis capable de vous obliger en autre chose, je le ferai de bon cœur. Je m'y suis engagé, et…

SGANARELLE: Vous m'en priez avec tant d'insistance que, quoique j'eusse fait serment de ne lui pardonner jamais, allez, touchez là : je lui pardonne. Je vous assure que je me fais grande violence, et qu'il faut que j'aie bien de la complaisance pour vous. Adieu, Monsieur Gorgibus.

GORGIBUS : Monsieur, votre très humble serviteur ; je m'en vais chercher ce pauvre garçon pour lui apprendre cette bonne nouvelle.

Scène 13

VALÈRE, SGANARELLE

VALÈRE : Il faut que j'avoue que je n'eusse jamais cru que Sganarelle se fût si bien acquitté de son devoir. *(Sganarelle rentre avec ses habits de valet.)* Ah ! mon pauvre garçon, que je t'ai d'obligation ! que j'ai de joie ! et que...

SGANARELLE : Ma foi, vous parlez fort à votre aise. Gorgibus m'a rencontré ; et sans une invention que j'ai trouvée, toute la mèche était découverte. Mais fuyez-vous-en, le voici.

Scène 14

GORGIBUS, SGANARELLE

GORGIBUS : Je vous cherchais partout pour vous dire que j'ai parlé à votre frère : il m'a assuré qu'il vous pardonnait ; mais, pour en être plus assuré, je veux qu'il vous embrasse en ma présence ; entrez dans mon logis, et je l'irai chercher.

SGANARELLE : Ah ! Monsieur Gorgibus, je ne crois pas que vous le trouviez à présent ; et puis je ne resterai pas chez vous ; je crains trop sa colère.

GORGIBUS : Ah ! vous demeurerez, car je vous enfermerai. Je m'en vais à présent chercher votre frère : ne craignez rien, je vous réponds qu'il n'est plus fâché.

Il sort.

SGANARELLE, *de la fenêtre* : Ma foi, me voilà attrapé ce coup-là ; il n'y a plus moyen de m'en échapper. Le nuage est fort épais, et j'ai bien peur que, s'il vient à crever, il ne grêle sur mon dos force coups de bâton, ou que, par quelque ordonnance plus forte que toutes celles des médecins, on m'applique tout au moins un cautère royal [1] sur les épaules. Mes affaires vont mal ; mais pourquoi se désespérer ? Puisque j'ai tant fait, poussons la fourbe jusques au bout. Oui, oui, il en faut encore sortir, et faire voir que Sganarelle est le roi des fourbes.

Il saute de la fenêtre et s'en va.

Scène 15

GROS-RENÉ, GORGIBUS, SGANARELLE

GROS-RENÉ : Ah ! ma foi, voilà qui est drôle ! comme diable on saute ici par les fenêtres ! Il faut que je demeure ici, et que je voie à quoi tout cela aboutira.

GORGIBUS : Je ne saurais trouver ce médecin ; je ne sais où diable il s'est caché. *(Apercevant Sganarelle qui revient en habit de médecin.)* Mais le voici. Monsieur, ce n'est pas assez d'avoir pardonné à votre frère ; je vous prie, pour ma satisfaction, de l'embrasser : il est chez moi, et je vous cherchais partout pour vous prier de faire cet accord en ma présence.

---

1. Le cautère est un fer rougi qui permet de refermer une blessure. Ici, Sganarelle a peur d'être puni par la justice et d'être marqué au fer rouge, comme les condamnés.

SGANARELLE: Vous vous moquez, Monsieur Gorgibus: n'est-ce pas assez que je lui pardonne? Je ne le veux jamais voir.

GORGIBUS: Mais, Monsieur, pour l'amour de moi.

SGANARELLE: Je ne vous saurais rien refuser: dites-lui qu'il descende.

> *Pendant que Gorgibus rentre dans sa maison par la porte, Sganarelle y rentre par la fenêtre.*

GORGIBUS, *à la fenêtre*: Voilà votre frère qui vous attend là-bas: il m'a promis qu'il fera tout ce que je voudrai.

SGANARELLE, *à la fenêtre*: Monsieur Gorgibus, je vous prie de le faire venir ici: je vous conjure que ce soit en particulier que je lui demande pardon, parce que sans doute il me ferait cent hontes et cent opprobres devant tout le monde.

> *Gorgibus sort de sa maison par la porte, et Sganarelle par la fenêtre.*

GORGIBUS: Oui-da, je m'en vais lui dire. Monsieur, il dit qu'il est honteux, et qu'il vous prie d'entrer, afin qu'il vous demande pardon en particulier. Voilà la clef, vous pouvez entrer; je vous supplie de ne me pas refuser et de me donner ce contentement.

SGANARELLE: Il n'y a rien que je ne fasse pour votre satisfaction: vous allez entendre de quelle manière je le vais traiter. (*À la fenêtre.*) Ah! te voila, coquin. — Monsieur mon frère, je vous demande pardon, je vous promets qu'il n'y a point de ma faute. — Il n'y a point de ta faute, pilier de débauche, coquin? Va, je t'apprendrai à vivre. Avoir la hardiesse d'importuner M. Gorgibus, de lui rompre la tête de tes sottises! — Monsieur mon frère… — Tais-toi, te dis-je. — Je ne vous désoblig… — Tais-toi, coquin.

GROS-RENÉ: Qui diable pensez-vous qui soit chez vous à présent?

GORGIBUS: C'est le médecin et Narcisse son frère; ils avaient quelque différend, et ils font leur accord.

GROS-RENÉ: Le diable emporte! ils ne sont qu'un.

SGANARELLE, *à la fenêtre*: Ivrogne que tu es, je t'apprendrai à vivre. Comme il baisse la vue! il voit bien qu'il a failli, le pendard. Ah! l'hypocrite, comme il fait le bon apôtre!

GROS-RENÉ: Monsieur, dites-lui un peu par plaisir qu'il fasse mettre son frère à la fenêtre.

GORGIBUS: Oui-da, Monsieur le Médecin, je vous prie de faire paraître votre frère à la fenêtre.

SGANARELLE, *de la fenêtre*: Il est indigne de la vue des gens d'honneur, et puis je ne le saurais souffrir auprès de moi.

GORGIBUS: Monsieur, ne me refusez pas cette grâce, après toutes celles que vous m'avez faites.

SGANARELLE, *de la fenêtre*: En vérité, Monsieur Gorgibus, vous avez un tel pouvoir sur moi que je ne vous puis rien refuser. Montre, montre-toi, coquin. *(Après avoir disparu un moment, il se remontre en habit de valet.)* — Monsieur Gorgibus, je suis votre obligé. — *(Il disparaît encore, et reparaît aussitôt en robe de médecin.)* Hé bien! avez-vous vu cette image de la débauche?

GROS-RENÉ: Ma foi, ils ne sont qu'un, et, pour vous le prouver, dites-lui un peu que vous les voulez voir ensemble.

GORGIBUS: Mais faites-moi la grâce de le faire paraître avec vous, et de l'embrasser devant moi à la fenêtre.

SGANARELLE, *de la fenêtre*: C'est une chose que je refuserais à tout autre qu'à vous: mais pour vous montrer que je veux tout faire pour l'amour de vous, je m'y résous, quoique avec peine, et veux auparavant qu'il vous demande pardon de toutes les peines qu'il vous a données. — Oui, Monsieur Gorgibus, je vous demande pardon de vous avoir tant importuné, et vous promets, mon frère, en présence de M. Gorgibus que voilà, de faire si bien désormais, que vous n'aurez plus lieu de vous plaindre, vous priant de ne plus songer à ce qui s'est passé.

> *Il embrasse son chapeau et sa fraise*
> *qu'il a mis au bout de son coude.*

GORGIBUS : Hé bien ! ne les voilà pas tous deux ?

GROS-RENÉ : Ah ! par ma foi, il est sorcier.

SGANARELLE, *sortant de la maison, en médecin* : Monsieur, voilà la clef de votre maison que je vous rends ; je n'ai pas voulu que ce coquin soit descendu avec moi, parce qu'il me fait honte : je ne voudrais pas qu'on le vît en ma compagnie dans la ville, où je suis en quelque réputation. Vous irez le faire sortir quand bon vous semblera. Je vous donne le bonjour, et suis votre, etc.

> *Il feint de s'en aller, et, après avoir*
> *mis bas sa robe, rentre dans la mai-*
> *son par la fenêtre.*

GORGIBUS : Il faut que j'aille délivrer ce pauvre garçon ; en vérité, s'il lui a pardonné, ce n'a pas été sans le bien maltraiter.

> *Il entre dans sa maison, et en sort*
> *avec Sganarelle, en habit de valet.*

SGANARELLE : Monsieur, je vous remercie de la peine que vous avez prise et de la bonté que vous avez eue : je vous en serai obligé toute ma vie.

GROS-RENÉ : Où pensez-vous que soit à présent le médecin ?

GORGIBUS : Il s'en est allé.

GROS-RENÉ, *qui a ramassé la robe de Sganarelle* : Je le tiens sous mon bras. Voilà le coquin qui faisait le médecin, et qui vous trompe. Cependant qu'il vous trompe et joue la farce chez vous, Valère et votre fille sont ensemble, qui s'en vont à tous les diables.

GORGIBUS: Ah! que je suis malheureux! mais tu seras pendu, fourbe, coquin.

SGANARELLE: Monsieur, qu'allez-vous faire de me pendre? Écoutez un mot, s'il vous plaît: il est vrai que c'est par mon invention que mon maître est avec votre fille; mais en le servant, je ne vous ai point désobligé: c'est un parti sortable[1] pour elle, tant pour la naissance que pour les biens. Croyez-moi, ne faites point un vacarme qui tournerait à votre confusion, et envoyez à tous les diables ce coquin-là, avec Villebrequin. Mais voici nos amants.

Scène dernière

SGANARELLE, VALÈRE, LUCILE, GORGIBUS

SGANARELLE: Nous nous jetons à vos pieds.

GORGIBUS: Je vous pardonne, et suis heureusement trompé par Sganarelle, ayant un si brave gendre. Allons tous faire noces, et boire à la santé de toute la compagnie.

---

1. Un parti bien assorti.

L'Amour médecin

Comédie

AU LECTEUR

Ce n'est ici qu'un simple crayon, un petit impromptu[1], dont le roi a voulu se faire un divertissement. Il est le plus précipité de tous ceux que Sa Majesté m'ait commandés ; et lorsque je dirai qu'il a été proposé, fait, appris et représenté en cinq jours, je ne dirai que ce qui est vrai. Il n'est pas nécessaire de vous avertir qu'il y a beaucoup de choses qui dépendent de l'action : on sait bien que les comédies ne sont faites que pour être jouées ; et je ne conseille de lire celle-ci qu'aux personnes qui ont des yeux pour découvrir dans la lecture tout le jeu du théâtre ; ce que je vous dirai, c'est qu'il serait à souhaiter que ces sortes d'ouvrages pussent toujours se montrer à vous avec les ornements qui les accompagnent chez le roi. Vous les verriez dans un état beaucoup plus supportable, et les airs et les symphonies de l'incomparable M. Lully[2], mêlés à la beauté des voix et à l'adresse des danseurs, leur donnent, sans doute, des grâces dont ils ont toutes les peines du monde à se passer.

---

1. Pièce improvisée.
2. Compositeur (1632-1687) qui écrivit des divertissements musicaux pour les comédies de Molière.

PROLOGUE

LA COMÉDIE, LA MUSIQUE ET LE BALLET

LA COMÉDIE

Quittons, quittons notre vaine querelle,
Ne nous disputons point nos talents tour à tour,
Et d'une gloire plus belle
Piquons-nous en ce jour:
Unissons-nous tous trois d'une ardeur sans seconde,
Pour donner du plaisir au plus grand roi du monde.

TOUS TROIS

Unissons-nous...

LA COMÉDIE

De ses travaux, plus grands qu'on ne peut croire,
Il se vient quelquefois délasser parmi nous:
Est-il de plus grande gloire,
Est-il bonheur plus doux?
Unissons-nous tous trois...

TOUS TROIS

Unissons-nous...

LES PERSONNAGES

SGANARELLE, *père de Lucinde.*
AMINTE.
LUCRÈCE.
M. GUILLAUME, *vendeur de tapisseries.*
M. JOSSE, *orfèvre.*
LUCINDE, *fille de Sganarelle.*
LISETTE, *suivante de Lucinde.*
M. TOMÈS,
M. DES FONANDRÈS,
M. MACROTON,   *médecins.*
M. BAHYS,
M. FILERIN,
CLITANDRE, *amant de Lucinde.*
UN NOTAIRE.
L'OPÉRATEUR, ORVIÉTAN.
PLUSIEURS TRIVELINS ET SCARAMOUCHES.
LA COMÉDIE.
LA MUSIQUE.
LE BALLET.

> *La scène est à Paris, dans une salle*
> *de la maison de Sganarelle.*

Acte premier

Scène première

SGANARELLE, AMINTE, LUCRÈCE,
M. GUILLAUME, M. JOSSE

SGANARELLE : Ah ! l'étrange chose que la vie ! et que je puis bien dire, avec ce grand philosophe de l'antiquité, que qui terre a guerre a, et qu'un malheur ne vient jamais sans l'autre ! Je n'avais qu'une seule femme, qui est morte.

M. GUILLAUME : Et combien donc en voulez-vous avoir ?

SGANARELLE : Elle est morte, Monsieur mon ami. Cette perte m'est très sensible, et je ne puis m'en ressouvenir sans pleurer. Je n'étais pas fort satisfait de sa conduite, et nous avions le plus souvent dispute ensemble ; mais enfin la mort rajuste toutes choses. Elle est morte : je la pleure. Si elle était en vie, nous nous querellerions. De tous les enfants que le Ciel m'avait donnés, il ne m'a laissé qu'une fille, et cette fille est toute ma peine. Car enfin je la vois dans une mélancolie la plus sombre du monde, dans une tristesse épouvantable, dont il n'y a pas moyen de la retirer, et dont je ne saurais même apprendre la cause. Pour moi, j'en perds l'esprit, et j'aurais besoin d'un bon conseil sur cette matière. Vous êtes ma nièce ; vous, ma voisine ; et vous, mes compères[1] et mes amis: je vous prie de me conseiller tous ce que je dois faire.

M. JOSSE: Pour moi, je tiens que la braverie[2] et l'ajustement est la chose qui réjouit le plus les filles; et si j'étais que de vous, je lui achèterais, dès aujourd'hui, une belle garniture[3] de diamants, ou de rubis, ou d'émeraudes.

M. GUILLAUME: Et moi, si j'étais en votre place, j'achèterais une belle tenture de tapisserie de verdure[4], ou à personnages, que je ferais mettre à sa chambre, pour lui réjouir l'esprit et la vue.

AMINTE: Pour moi, je ne ferais point tant de façon; et je la marierais fort bien, et le plus tôt que je pourrais, avec cette personne qui vous la fit, dit-on, demander il y a quelque temps.

LUCRÈCE: Et moi, je tiens que votre fille n'est point du tout propre pour le mariage. Elle est d'une complexion trop délicate et trop peu saine, et c'est la vouloir envoyer bientôt en l'autre monde que de l'exposer, comme elle est, à faire des enfants. Le monde n'est point du tout son fait, et je vous conseille de la mettre dans un couvent, où elle trouvera des divertissements qui seront mieux de son humeur.

SGANARELLE: Tous ces conseils sont admirables assurément; mais je les tiens un peu intéressés, et trouve que vous me conseillez fort bien pour vous. Vous êtes orfèvre, Monsieur Josse, et votre conseil sent son homme qui a envie de se défaire de sa marchandise. Vous venez des tapisseries, Monsieur Guillaume, et vous avez la mine d'avoir quelque tenture qui vous incommode. Celui que vous aimez, ma voisine, a, dit-on, quelque inclination pour

---

1. Amis ou familiers.
2. Dépense pour les vêtements.
3. Assortiment de diamants pour garnir les vêtements.
4. C'est une tapisserie représentant un paysage.

ma fille, et vous ne seriez pas fâchée de la voir la femme d'un autre. Et quant à vous, ma chère nièce, ce n'est pas mon dessein, comme on sait, de marier ma fille avec qui que ce soit, et j'ai mes raisons pour cela ; mais le conseil que vous me donnez de la faire religieuse est d'une femme qui pourrait bien souhaiter charitablement d'être mon héritière universelle. Ainsi, Messieurs et Mesdames, quoique tous vos conseils soient les meilleurs du monde, vous trouverez bon, s'il vous plaît, que je n'en suive aucun. Voilà de mes donneurs de conseils à la mode.

Scène 2

LUCINDE, SGANARELLE

SGANARELLE : Ah ! voilà ma fille qui prend l'air. Elle ne me voit pas ; elle soupire ; elle lève les yeux au ciel. Dieu vous garde ! Bon jour, ma mie. Hé bien ! qu'est-ce ? Comme vous en va ? Hé ! quoi ? toujours triste et mélancolique comme cela, et tu ne veux pas me dire ce que tu as. Allons donc, découvre-moi ton petit cœur. Là, ma pauvre mie, dis, dis ; dis tes petites pensées à ton petit papa mignon. Courage ! Veux-tu que je te baise ? Viens. J'enrage de la voir de cette humeur-là. Mais, dis-moi, me veux-tu faire mourir de déplaisir, et ne puis-je savoir d'où vient cette grande langueur ? Découvre-m'en la cause, et je te promets que je ferai toutes choses pour toi. Oui, tu n'as qu'à me dire le sujet de ta tristesse ; je t'assure ici, et te fais serment qu'il n'y a rien que je ne fasse pour te satisfaire : c'est tout dire. Est-ce que tu es jalouse de quelqu'une de tes compagnes que tu voies plus brave que toi ? et serait-il quelque étoffe nouvelle dont tu voulusses avoir un habit ? Non. Est-ce que ta chambre ne te semble pas assez parée, et que tu souhai-

terais quelque cabinet de la foire Saint-Laurent[1]? Ce n'est
pas cela. Aurais-tu envie d'apprendre quelque chose? et
veux-tu que je te donne un maître pour te montrer à jouer
du clavecin? Nenni. Aimerais-tu quelqu'un, et souhaiterais-
tu d'être mariée?

Lucinde lui fait signe que c'est cela.

Scène 3

LISETTE, SGANARELLE, LUCINDE

LISETTE: Hé bien! Monsieur, vous venez d'entretenir
votre fille. Avez-vous su la cause de sa mélancolie?

SGANARELLE: Non. C'est une coquine qui me fait enrager.

LISETTE: Monsieur, laissez-moi faire, je m'en vais la sonder
un peu.

SGANARELLE: Il n'en pas nécessaire; et puisqu'elle veut
être de cette humeur, je suis d'avis qu'on l'y laisse.

LISETTE: Laissez-moi faire, vous dis-je. Peut-être qu'elle se
découvrira plus librement à moi qu'à vous. Quoi? Madame,
vous ne nous direz point ce que vous avez, et vous voulez
affliger ainsi tout le monde? Il me semble qu'on n'agit point
comme vous faites, et que, si vous avez quelque répugnance
à vous expliquer à un père, vous n'en devez avoir aucune
à me découvrir votre cœur. Dites-moi, souhaitez-vous
quelque chose de lui? Il nous a dit plus d'une fois qu'il
n'épargnerait rien pour vous contenter. Est-ce qu'il ne vous
donne pas toute la liberté que vous souhaiteriez, et les pro-
menades et les cadeaux ne tenteraient-ils point votre âme?
Heu. Avez-vous reçu quelque déplaisir de quelqu'un? Heu.

---

1. Meuble avec des petits tiroirs.

N'auriez-vous point quelque secrète inclination, avec qui vous souhaiteriez que votre père vous mariât? Ah! je vous entends. Voilà l'affaire. Que diable? pourquoi tant de façons? Monsieur, le mystère est découvert; et...

SGANARELLE, *l'interrompant*: Va, fille ingrate, je ne te veux plus parler, et je te laisse dans ton obstination.

LUCINDE: Mon père, puisque vous voulez que je vous dise la chose...

SGANARELLE: Oui, je perds toute l'amitié que j'avais pour toi.

LISETTE: Monsieur, sa tristesse...

SGANARELLE: C'est une coquine qui me veut faire mourir.

LUCINDE: Mon père, je veux bien...

SGANARELLE: Ce n'est pas la récompense de t'avoir élevée comme j'ai fait.

LISETTE: Mais, Monsieur...

SGANARELLE: Non, je suis contre elle dans une colère épouvantable.

LUCINDE: Mais, mon père...

SGANARELLE: Je n'ai plus aucune tendresse pour toi.

LISETTE: Mais...

SGANARELLE: C'est une friponne.

LUCINDE: Mais...

SGANARELLE: Une ingrate.

LISETTE: Mais...

SGANARELLE: Une coquine, qui ne me veut pas dire ce qu'elle a.

LISETTE: C'est un mari qu'elle veut.

SGANARELLE, *faisant semblant de ne pas entendre*: Je l'abandonne.

LISETTE: Un mari.

SGANARELLE: Je la déteste.

LISETTE : Un mari.

SGANARELLE : Et la renonce pour ma fille.

LISETTE : Un mari.

SGANARELLE Non, ne m'en parlez point.

LISETTE : Un mari.

SGANARELLE Ne m'en parlez point.

LISETTE : Un mari.

SGANARELLE : Ne m'en parlez point.

LISETTE : Un mari, un mari, un mari.

Scène 4

LISETTE, LUCINDE

LISETTE : On dit bien vrai : qu'il n'y a point de pires sourds que ceux qui ne veulent point entendre.

LUCINDE : Hé bien ! Lisette, j'avais tort de cacher mon déplaisir et je n'avais qu'à parler pour avoir tout ce que je souhaitais de mon père ! Tu le vois.

LISETTE : Par ma foi ! voilà un vilain homme ; et je vous avoue que j'aurais un plaisir extrême à lui jouer quelque tour. Mais d'où vient donc, Madame, que jusqu'ici vous m'avez caché votre mal ?

LUCINDE : Hélas ! de quoi m'aurait servi de te le découvrir plus tôt ? et n'aurais-je pas autant gagné à le tenir caché toute ma vie ? Crois-tu que je n'aie pas bien prévu tout ce que tu vois maintenant, que je ne susse pas à fond tous les sentiments de mon père, et que le refus qu'il a fait porter à celui qui m'a demandée par un ami n'ait pas étouffé dans mon âme toute sorte d'espoir ?

LISETTE : Quoi ? c'est cet inconnu qui vous a fait demander, pour qui vous...

LUCINDE: Peut-être n'est-il pas honnête à une fille de s'expliquer si librement; mais enfin je t'avoue que, s'il m'était permis de vouloir quelque chose, ce serait lui que je voudrais. Nous n'avons eu ensemble aucune conversation, et sa bouche ne m'a point déclaré la passion qu'il a pour moi; mais, dans tous les lieux où il m'a pu voir, ses regards et ses actions m'ont toujours parlé si tendrement, et la demande qu'il a fait faire de moi m'a paru d'un si honnête homme que mon cœur n'a pu s'empêcher d'être sensible à ses ardeurs; et cependant tu vois où la dureté de mon père réduit toute cette tendresse.

LISETTE: Allez, laissez-moi faire. Quelque sujet que j'aie de me plaindre de vous du secret que vous m'avez fait, je ne veux pas laisser de servir votre amour; et pourvu que vous ayez assez de résolution...

LUCINDE: Mais que veux-tu que je fasse contre l'autorité d'un père? Et s'il est inexorable à mes vœux...

LISETTE: Allez, allez, il ne faut pas se laisser mener comme un oison; et pourvu que l'honneur n'y soit pas offensé, on peut se libérer un peu de la tyrannie d'un père. Que prétend-il que vous fassiez? N'êtes-vous pas en âge d'être mariée? et croit-il que vous soyez de marbre? Allez, encor un coup, je veux servir votre passion; je prends, dès à présent, sur moi tout le soin de ses intérêts, et vous verrez que je sais des détours... Mais je vois votre père. Rentrons, et me laissez agir.

Scène 5

SGANARELLE

Il est bon quelquefois de ne point faire semblant d'entendre les choses qu'on n'entend que trop bien; et j'ai fait sagement de parer la déclaration d'un désir que je ne suis pas résolu de contenter. A-t-on jamais rien vu de plus tyrannique que cette coutume où l'on veut assujettir les pères ? rien de plus impertinent et de plus ridicule que d'amasser du bien avec de grands travaux, et élever une fille avec beaucoup de soin et de tendresse, pour se dépouiller de l'un et de l'autre entre les mains d'un homme qui ne nous touche de rien ? Non, non : je me moque de cet usage, et je veux garder mon bien et ma fille pour moi.

Scène 6

LISETTE, SGANARELLE

LISETTE : Ah ! malheur ! Ah ! disgrâce ! Ah ! pauvre seigneur Sganarelle ! où pourrai-je te rencontrer ?

SGANARELLE : Que dit-elle là ?

LISETTE : Ah ! misérable père ! que feras-tu, quand tu sauras cette nouvelle ?

SGANARELLE : Que sera-ce ?

LISETTE : Ma pauvre maîtresse !

SGANARELLE : Je suis perdu.

LISETTE : Ah !

SGANARELLE : Lisette.

LISETTE : Quelle infortune !

SGANARELLE : Lisette.

LISETTE : Quel accident !

SGANARELLE : Lisette.

LISETTE : Quelle fatalité !

SGANARELLE : Lisette.

LISETTE : Ah ! Monsieur !

SGANARELLE : Qu'est-ce ?

LISETTE: Monsieur.

SGANARELLE: Qu'y a-t-il?

LISETTE: Votre fille.

SGANARELLE: Ah! ah!

LISETTE: Monsieur, ne pleurez donc point comme cela; car vous me feriez rire.

SGANARELLE: Dis donc vite.

LISETTE: Votre fille, toute saisie des paroles que vous lui avez dites et de la colère effroyable où elle vous a vu contre elle, est montée vite dans sa chambre, et, pleine de désespoir, a ouvert la fenêtre qui regarde sur la rivière.

SGANARELLE: Hé bien?

LISETTE: Alors, levant les yeux au ciel: «Non, a-t-elle dit, il m'est impossible de vivre avec le courroux de mon père, et puisqu'il me renonce pour sa fille, je veux mourir.»

SGANARELLE: Elle s'est jetée.

LISETTE: Non, Monsieur: elle a fermé tout doucement la fenêtre, et s'est allée mettre sur son lit. Là elle s'est prise à pleurer amèrement; et tout d'un coup son visage a pâli, ses yeux se sont tournés, le cœur lui a manqué, et elle m'est demeurée entre les bras.

SGANARELLE: Ah! ma fille!

LISETTE: À force de la tourmenter, je l'ai fait revenir; mais cela lui reprend de moment en moment, et je crois qu'elle ne passera pas la journée.

SGANARELLE: Champagne, Champagne, Champagne, vite, qu'on m'aille quérir des médecins, et en quantité: on n'en peut trop avoir dans une pareille aventure. Ah! ma fille! ma pauvre fille!

PREMIER ENTRACTE

Champagne, en dansant, frappe aux portes de quatre méde-cins, qui dansent et entrent avec cérémonie chez le père de la malade.

Acte II

Scène première

SGANARELLE, LISETTE

LISETTE : Que voulez-vous donc faire, Monsieur, de quatre médecins ? N'est-ce pas assez d'un pour tuer une personne ?

SGANARELLE : Taisez-vous. Quatre conseils valent mieux qu'un.

LISETTE : Est-ce que votre fille ne peut pas bien mourir sans le secours de ces messieurs-là ?

SGANARELLE : Est-ce que les médecins font mourir ?

LISETTE : Sans doute ; et j'ai connu un homme qui prouvait, par bonnes raisons, qu'il ne faut jamais dire : « Une telle personne est morte d'une fièvre et d'une fluxion sur la poitrine » ; mais : « Elle est morte de quatre médecins et de deux apothicaires [1]. »

SGANARELLE : Chut. N'offensez pas ces messieurs-là.

LISETTE : Ma foi ! Monsieur, notre chat est réchappé depuis peu d'un saut qu'il fit du haut de la maison dans la rue ; et il fut trois jours sans manger, et sans pouvoir remuer ni pied

---

1. Pharmaciens.

ni patte ; mais il est bien heureux de ce qu'il n'y a point de chats médecins, car ses affaires étaient faites, et ils n'auraient pas manqué de le purger et de le saigner.

SGANARELLE : Voulez-vous vous taire ? vous dis-je. Mais voyez quelle impertinence ! Les voici.

LISETTE : Prenez garde, vous allez être bien édifié : ils vous diront en latin que votre fille est malade.

Scène 2

MESSIEURS TOMÈS, DES FONANDRÈS, MACROTON ET BAHYS, MÉDECINS, SGANARELLE, LISETTE

SGANARELLE : Hé bien ! Messieurs.

M. TOMÈS : Nous avons vu suffisamment la malade, et sans doute qu'il y a beaucoup d'impuretés en elle.

SGANARELLE : Ma fille est impure ?

M. TOMÈS : Je veux dire qu'il y a beaucoup d'impuretés dans son corps, quantité d'humeurs corrompues.

SGANARELLE : Ah ! je vous entends.

M. TOMÈS : Mais… Nous allons consulter ensemble.

SGANARELLE : Allons, faites donner des sièges.

LISETTE : Ah ! Monsieur, vous en êtes ?

SGANARELLE : De quoi donc connaissez-vous Monsieur ?

LISETTE : De l'avoir vu l'autre jour chez la bonne amie de Madame votre nièce.

M. TOMÈS : Comment se porte son cocher ?

LISETTE : Fort bien : il est mort.

M. TOMÈS : Mort !

LISETTE : Oui.

M. TOMÈS : Cela ne se peut.

LISETTE : Je ne sais si cela se peut ; mais je sais bien que cela est.

M. TOMÈS : Il ne peut pas être mort, vous dis-je.

LISETTE : Et moi je vous dis qu'il est mort et enterré.

M. TOMÈS : Vous vous trompez.

LISETTE : Je l'ai vu.

M. TOMÈS : Cela est impossible. Hippocrate dit que ces sortes de maladies, ne se terminent qu'au quatorze, ou au vingt-un[1] ; et il n'y a que six jours qu'il est tombé malade.

LISETTE : Hippocrate dira ce qu'il lui plaira ; mais le cocher est mort.

SGANARELLE : Paix ! discoureuse ; allons, sortons d'ici. Messieurs, je vous supplie de consulter de la bonne manière. Quoique ce ne soit pas la coutume de payer aupa- ravant, toutefois, de peur que je l'oublie, et afin que ce soit une affaire faite, voici…

> *Il les paye, et chacun, en recevant l'argent, fait un geste différent.*

Scène 3

MESSIEURS DES FONANDRÈS, TOMÈS, MACROTON ET BAHYS

Ils s'asseyent et toussent.

M. DES FONANDRÈS : Paris est étrangement grand, et il faut faire de longs trajets quand la pratique donne un peu.

M. TOMÈS : Il faut avouer que j'ai une mule admirable pour cela, et qu'on a peine à croire le chemin que je lui fais faire tous les jours.

---

1. Quatorzième ou vingt et unième jour.

M. DES FONANDRÈS: J'ai un cheval, merveilleux, et c'est un animal infatigable.

M. TOMÈS: Savez-vous le chemin que ma mule a fait aujourd'hui? J'ai été premièrement tout contre l'Arsenal, de l'Arsenal, au bout du faubourg Saint-Germain; du faubourg Saint-Germain, au fond du Marais; du fond du Marais, à la porte Saint-Honoré; de la porte Saint-Honoré, au faubourg Saint-Jacques; du faubourg Saint-Jacques, à la porte de Richelieu; de la porte de Richelieu, ici; et d'ici, je dois aller encore à la place Royale.

M. DES FONANDRÈS: Mon cheval a fait tout cela aujourd'hui; et de plus, j'ai été à Ruel voir un malade.

M. TOMÈS: Mais, à propos, quel parti prenez-vous dans la querelle des deux médecins Théophraste et Artémius? car c'est une affaire qui partage tout notre corps.

M. DES FONANDRÈS: Moi, je suis pour Artémius.

M. TOMÈS: Et moi aussi. Ce n'est pas que son avis, comme on a vu, n'ait tué le malade, et que celui de Théophraste ne fût beaucoup meilleur assurément; mais enfin il a tort dans les circonstances, et il ne devait pas être d'un autre avis que son ancien. Qu'en dites-vous?

M. DES FONANDRÈS: Sans doute. Il faut toujours garder les formalités[1], quoi qu'il puisse arriver.

M. TOMÈS: Pour moi, j'y suis sévère en diable, à moins que ce soit entre amis; et l'on nous assembla un jour, trois de nous autres, avec un médecin de dehors[2], pour une consultation, où j'arrêtai toute l'affaire, et ne voulus point endurer qu'on opinât, si les choses n'allaient dans l'ordre. Les gens de la maison faisaient ce qu'ils pouvaient et la maladie pressait; mais je n'en voulus point démordre, et la malade mourut bravement pendant cette contestation.

---

1. Les bienséances.
2. Un médecin d'une autre faculté que Paris.

M. DES FONANDRÈS : C'est fort bien fait d'apprendre aux gens à vivre, et de leur montrer leur bec jaune[1].

M. TOMÈS : Un homme mort n'est qu'un homme mort, et ne fait point de conséquence ; mais une formalité négligée porte un notable préjudice à tout le corps des médecins.

Scène 4

SGANARELLE, MESSIEURS TOMÈS, DES FONANDRÈS, MACROTON ET BAHYS

SGANARELLE : Messieurs, l'oppression de ma fille augmente : je vous prie de me dire vite ce que vous avez résolu.

M. TOMÈS : Allons, Monsieur.

M. DES FONANDRÈS : Non, Monsieur, parlez, s'il vous plaît.

M. TOMÈS : Vous vous moquez.

M. DES FONANDRÈS : Je ne parlerai pas le premier.

M. TOMÈS : Monsieur.

M. DES FONANDRÈS : Monsieur.

SGANARELLE : Hé ! de grâce, Messieurs, laissez toutes ces cérémonies, et songez que les choses pressent.

M. TOMÈS *(ils parlent tous quatre ensemble)* : La maladie de votre fille…

M. DES FONANDRÈS : L'avis de tous ces messieurs tous ensemble…

M. MACROTON : Après avoir bien consulté…

M. BAHYS : Pour raisonner…

SGANARELLE : Hé ! Messieurs, parlez l'un après l'autre, de grâce.

---

1. Montrer qu'ils se sont trompés.

M. TOMÈS: Monsieur, nous avons raisonné sur la maladie de votre fille, et mon avis, à moi, est que cela procède d'une grande chaleur de sang[1]: ainsi je conclus à la saigner le plus tôt que vous pourrez.

M. DES FONANDRÈS: Et moi, je dis que sa maladie est une pourriture d'humeurs, causée par une trop grande réplétion[2]: ainsi je conclus à lui donner de l'émétique[3].

M. TOMÈS: Je soutiens que l'émétique la tuera.

M. DES FONANDRÈS: Et moi, que la saignée la fera mourir.

M. TOMÈS: C'est bien à vous de faire l'habile homme.

M. DES FONANDRÈS: Oui, c'est à moi; et je vous prêterai le collet[4] en tout genre d'érudition.

M. TOMÈS: Souvenez-vous de l'homme que vous fîtes crever ces jours passés.

M. DES FONANDRÈS: Souvenez-vous de la dame que vous avez envoyée en l'autre monde, il y a trois jours.

M. TOMÈS: Je vous ai dit mon avis.

M. DES FONANDRÈS: Je vous ai dit ma pensée.

M. TOMÈS: Si vous ne faites saigner tout à l'heure votre fille, c'est une personne morte.

M. DES FONANDRÈS: Si vous la faites saigner, elle ne sera pas en vie dans un quart d'heure.

---

1. La fièvre est vue comme une fermentation du sang.
2. Abondance d'humeurs et de sang.
3. Remède à base de poudre et de beurre d'antimoine qui purge les malades.
4. Je vous tiendrai tête.

Scène 5

SGANARELLE, MESSIEURS MACROTON
ET BAHYS, MÉDECINS

SGANARELLE: À qui croire des deux? et quelle résolution prendre, sur des avis si opposés? Messieurs, je vous conjure de déterminer mon esprit, et de me dire, sans passion, ce que vous croyez le plus propre à soulager ma fille.

M. MACROTON *(il parle en allongeant ses mots)*: Mon-si-eur. dans. ces. ma-ti-è-res-là. il. faut. pro-cé-der. a-vec-que. cir-con-spec-tion.[1] et. ne. ri-en. fai-re. com-me. on. dit. à. la. vo-lé-e. d'au-tant. que. les. fau-tes. qu'on. y. peut. fai-re. sont. se-lon. no-tre. maî-tre. Hip-po-cra-te. d'u-ne. dan-ge-reu-se. con-sé-quen-ce.

M. BAHYS *(celui-ci parle toujours en bredouillant)*: Il est vrai, il faut bien prendre garde à ce qu'on fait; car ce ne sont pas ici des jeux d'enfant, et quand on a failli, il n'est pas aisé de réparer le manquement et de rétablir ce qu'on a gâté: *experimentum periculosum*[2]. C'est pourquoi il s'agit de raisonner auparavant comme il faut, de peser mûrement les choses, de regarder le tempérament des gens, d'examiner les causes de la maladie, et de voir les remèdes qu'on y doit apporter.

SGANARELLE: L'un va en tortue, et l'autre court la poste.

M. MACROTON: Or. Mon-si-eur. pour. ve-nir. au. fait. je. trou-ve. que. vo-tre. fil-le. a. u-ne. ma-la-die. chro-ni-que. et. qu'el-le. peut. pé-ri-cli-ter.[3] si. on. ne. lui. don-ne. du. se-cours. d'au-tant. que. les. sym-ptô-mes. qu'el-le. a. sont. in-

---

1. Discrétion.
2. «L'expérience est dangereuse.»
3. Être en danger.

di-ca-tifs. d'u-ne. va-peur. fu-li-gineu-se.[1] et. mor-di-can-te.[2] qui. lui. pi-co-te. les. mem-bra-nes. du. cer-veau. Or. cet-te. va-peur. que. nous. nom-mons. en. grec. *at-mos.* est. cau-sé-e. par. des. hu-meurs. pu-tri-des.[3] te-na-ces. et. con-glu-ti-neu-ses.[4] qui. sont. con-te-nues. dans. le. bas-ven-tre.

M. BAHYS : Et comme ces humeurs ont été là engendrées par une longue succession de temps, elles s'y sont recuites et ont acquis cette malignité qui fume vers la région du cerveau.

M. MACROTON : Si. bi-en. donc. que. pour. ti-rer. dé-ta-cher. ar-ra-cher. ex-pul-ser. é-va-cu-er. les-di-tes. hu-meurs. il. fau-dra. u-ne. pur-ga-tion. vi-gou-reu-se. Mais. au. pré-a-la-ble. je. trou-ve. à. pro-pos. et. il. n'y. a. pas. d'in-con-vé-ni-ent. d'u-ser. de. pe-tits. re-mè-des. a-no-dins. c'est.à.dire. de. pe-tits. la-ve-ments. ré-mol-li-ents[5]. et. dé-ter-sifs[6]. de. ju-lets[7]. et. de. si-rops. ra-fraî-chis-sants. qu'on. mê-le-ra. dans. sa. pti-san-ne.

M. BAHYS : Après, nous en viendrons à la purgation, et à la saignée que nous réitérerons, s'il en est besoin.

M. MACROTON : Ce. n'est. pas. qu'a-vec. tout. ce-la. vo-tre. fil-le. ne. puis-se. mou-rir. mais. au. moins. vous. au-rez. fait. quel-que. cho-se. et. vous. au-rez. la. con-so-la-tion. qu'el-le. se-ra. mor-te. dans. les. for-mes.

M. BAHYS : Il vaut mieux mourir selon les règles que de réchapper contre les règles.

M. MACROTON : Nous. vous. di-sons. sin-cè-re-ment. no-tre. pen-sée.

---

1. Humeur qui contient de la suie envoyée par la rate au cerveau.
2. Humeur qui cause des démangeaisons.
3. Humeurs corrompues.
4. Qui s'agglomèrent par une matière gluante.
5. Remèdes qui amollissent les duretés.
6. Qui nettoient et purifient.
7. Potion douce et agréable.

M. BAHYS : Et nous avons parlé comme nous parlerions à notre propre frère.

SGANARELLE, *à M. Macroton* : Je. vous. rends. très-humbles. grâ-ces. (*À M. Bahys.*) Et vous suis infiniment obligé de la peine que vous avez prise.

Scène 6

SGANARELLE

Me voilà justement un peu plus incertain que je n'étais auparavant. Morbleu ! il me vient une fantaisie. Il faut que j'aille acheter de l'orviétan [1], et que je lui en fasse prendre ; l'orviétan est un remède dont beaucoup de gens se sont bien trouvés.

Scène 7

L'OPÉRATEUR, SGANARELLE

SGANARELLE : Holà ! Monsieur, je vous prie de me donner une boîte de votre orviétan, que je m'en vais vous payer.

L'OPÉRATEUR, *chantant.*

L'or de tous les climats qu'entoure l'Océan
Peut-il jamais payer ce secret d'importance ?
Mon remède guérit, par sa rare excellence,
Plus de maux qu'on n'en peut nombrer dans tout un an :
          La gale,
          La rogne,
          La tigne,
          La fièvre,

---

1. Contrepoison.

> La peste,
> La goutte,
> Vérole,
> Descente,
> Rougeoie.
> Ô grande puissance de l'orviétan !

SGANARELLE : Monsieur, je crois que tout l'or du monde n'est pas capable de payer votre remède ; mais pourtant voici une pièce de trente sols que vous prendrez, s'il vous plaît.

L'OPÉRATEUR, *chantant.*

Admirez mes bontés, et le peu qu'on vous vend
Ce trésor merveilleux que ma main vous dispense.
Vous pouvez avec lui braver en assurance
Tous les maux que sur nous l'ire [1] du Ciel répand :
> La gale,
> La rogne,
> La tigne,
> La fièvre,
> La peste,
> La goutte,
> Vérole,
> Descente,
> Rougeole.
> Ô grande puissance de l'orviétan !

DEUXIÈME ENTRACTE

Plusieurs Trivelins et plusieurs Scaramouches [2], valets de l'opé-rateur, se réjouissent en dansant.

---

1. Colère.
2. Personnages de valets dans la comédie italienne.

Acte III

Scène première

MESSIEURS FILERIN, TOMÈS
ET DES FONANDRÈS

M. FILERIN : N'avez-vous point de honte, Messieurs, de montrer si peu de prudence, pour des gens de votre âge, et de vous être querellés comme de jeunes étourdis ? Ne voyez-vous pas bien quel tort ces sortes de querelles nous font parmi le monde ? et n'est-ce pas assez que les savants voient les contrariétés[1] et les dissensions qui sont entre nos auteurs et nos anciens maîtres, sans découvrir encore au peuple, par nos débats et nos querelles, la forfanterie de notre art ? Pour moi, je ne comprends rien du tout à cette méchante politique de quelques-uns de nos gens ; et il faut confesser que toutes ces contestations nous ont décriés, depuis peu, d'une étrange manière, et que, si nous n'y prenons garde, nous allons nous ruiner nous-mêmes. Je n'en parle pas pour mon intérêt ; car, Dieu merci, j'ai déjà établi mes petites affaires. Qu'il vente, qu'il pleuve, qu'il grêle, ceux qui sont morts sont morts, et j'ai de quoi me passer des vivants ; mais enfin toutes ces disputes ne valent rien

---

1. Combat de choses contraires.

pour la médecine. Puisque le Ciel nous fait la grâce que, depuis tant de siècles, on demeure infatué de nous, ne désabusons point les hommes avec nos cabales extravagantes, et profitons de leur sottise le plus doucement que nous pourrons. Nous ne sommes pas les seuls, comme vous savez, qui tâchons à nous prévaloir de la faiblesse humaine. C'est là que va l'étude de la plupart du monde, et chacun s'efforce de prendre les hommes par leur faible, pour en tirer quelque profit. Les flatteurs, par exemple, cherchent à profiter de l'amour que les hommes ont pour les louanges, en leur donnant tout le vain encens qu'ils souhaitent; et c'est un art où l'on fait, comme on voit, des fortunes considérables. Les alchimistes[1] tâchent à profiter de la passion que l'on a pour les richesses, en promettant des montagnes d'or à ceux qui les écoutent; et les diseurs d'horoscope, par leurs prédictions trompeuses, profitent de la vanité et de l'ambition des crédules esprits. Mais le plus grand faible des hommes, c'est l'amour qu'ils ont pour la vie; et nous en profitons, nous autres, par notre pompeux galimatias, et savons prendre nos avantages de cette vénération que la peur de mourir leur donne pour notre métier. Conservons-nous donc dans le degré d'estime où leur faiblesse nous a mis, et soyons de concert auprès des malades pour nous attribuer les heureux succès de la maladie, et rejeter sur la nature toutes les bévues de notre art. N'allons point, dis-je, détruire sottement les heureuses préventions d'une erreur qui donne du pain à tant de personnes.

M. TOMÈS: Vous avez raison en tout ce que vous dites; mais ce sont chaleurs de sang, dont parfois on n'est pas le maître.

M. FILERIN: Allons donc, Messieurs, mettez bas toute rancune, et faisons ici votre accommodement.

---

1. Chimistes.

M. DES FONANDRÈS : J'y consens. Qu'il me passe mon émétique pour la malade dont il s'agit, et je lui passerai tout ce qu'il voudra pour le premier malade dont il sera question.

M. FILERIN : On ne peut pas mieux dire, et voilà se mettre à la raison.

M. DES FONANDRÈS : Cela est fait.

M. FILERIN : Touchez donc là. Adieu. Une autre fois, montrez plus de prudence.

Scène 2

MESSIEURS TOMÈS, DES FONANDRÈS, LISETTE

LISETTE : Quoi ? Messieurs, vous voilà, et vous ne songez pas à réparer le tort qu'on vient de faire à la médecine ?

M. TOMÈS : Comment ? Qu'est-ce ?

LISETTE : Un insolent qui a eu l'effronterie d'entreprendre sur votre métier, et qui, sans votre ordonnance, vient de tuer un homme d'un grand coup d'épée au travers du corps.

M. TOMÈS : Écoutez, vous faites la railleuse, mais vous passerez par nos mains quelque jour.

LISETTE : Je vous permets de me tuer, lorsque j'aurai recours à vous.

Scène 3

LISETTE, CLITANDRE

CLITANDRE : Hé bien ! Lisette, me trouves-tu bien ainsi ?

LISETTE : Le mieux du monde ; et je vous attendais avec impatience. Enfin le Ciel m'a faite d'un naturel le plus humain du monde, et je ne puis voir deux amants soupirer l'un pour l'autre, qu'il ne me prenne une tendresse charitable, et un désir ardent de soulager les maux qu'ils souffrent. Je veux, à quelque prix que ce soit, tirer Lucinde de la tyrannie où elle est, et la mettre en votre pouvoir. Vous m'avez plu d'abord ; je me connais en gens, et elle ne peut pas mieux choisir. L'amour risque des choses extraordinaires ; et nous avons concerté ensemble une manière de stratagème, qui pourra peut-être nous réussir. Toutes nos mesures sont déjà prises : l'homme à qui nous avons affaire n'est pas des plus fins de ce monde ; et si cette aventure nous manque, nous trouverons mille autres voies pour arriver à notre but. Attendez-moi là seulement, je reviens vous quérir.

Scène 4

SGANARELLE, LISETTE

LISETTE : Monsieur, allégresse ! allégresse !

SGANARELLE : Qu'est-ce ?

LISETTE : Réjouissez-vous.

SGANARELLE : De quoi ?

LISETTE : Réjouissez-vous, vous dis-je.

SGANARELLE : Dis-moi donc ce que c'est, et puis je me réjouirai peut-être.

LISETTE : Non : je veux que vous vous réjouissiez auparavant, que vous chantiez, que vous dansiez.

SGANARELLE : Sur quoi ?

LISETTE : Sur ma parole.

SGANARELLE : Allons donc, la lera la la, la lera la. Que diable !

LISETTE : Monsieur, votre fille est guérie.

SGANARELLE: Ma fille est guérie!

LISETTE: Oui, je vous amène un médecin, mais un médecin d'importance, qui fait des cures merveilleuses, et qui se moque des autres médecins…

SGANARELLE: Où est-il?

LISETTE: Je vais le faire entrer.

SGANARELLE: Il faut voir si celui-ci fera plus que les autres.

Scène 5

CLITANDRE, *en habit de médecin,*
SGANARELLE, LISETTE

LISETTE: Le voici.

SGANARELLE: Voilà un médecin qui a la barbe bien jeune.

LISETTE: La science ne se mesure pas à la barbe, et ce n'est pas par le menton qu'il est habile.

SGANARELLE: Monsieur, on m'a dit que vous aviez des remèdes admirables pour faire aller à la selle.

CLITANDRE: Monsieur, mes remèdes sont différents de ceux des autres: ils ont l'émétique, les saignées, les médecines et les lavements; mais moi, je guéris par des paroles, par des sons, par des lettres, par des talismans et par des anneaux constellés[1].

LISETTE: Que vous ai-je dit?

SGANARELLE: Voilà un grand homme.

LISETTE: Monsieur, comme votre fille est là tout habillée dans une chaise, je vais la faire passer ici.

SGANARELLE: Oui, fais.

---

1. Anneaux possédant certaines vertus.

CLITANDRE, *tâtant le pouls à Sganarelle*: Votre fille est bien malade.

SGANARELLE: Vous connaissez cela ici?

CLITANDRE: Oui, par la sympathie[1] qu'il y a entre le père et la fille.

Scène 6

LUCINDE, LISETTE, SGANARELLE,
CLITANDRE

LISETTE: Tenez, Monsieur, voilà une chaise auprès d'elle. Allons laissez-les là tous deux.

SGANARELLE: Pourquoi? Je veux demeurer là.

LISETTE: Vous moquez-vous? Il faut s'éloigner: un médecin a cent choses à demander qu'il n'est pas honnête qu'un homme entende.

CLITANDRE, *parlant à Lucinde à part*: Ah! Madame, que le ravissement où je me trouve est grand! et que je sais peu par où vous commencer mon discours! Tant que je ne vous ai parlé que des yeux, j'avais, ce me semblait, cent choses à vous dire; et maintenant que j'ai la liberté de vous parler de la façon que je souhaitais, je demeure interdit; et la grande joie où je suis étouffe toutes mes paroles.

LUCINDE: Je puis vous dire la même chose, et je sens, comme vous, des mouvements de joie qui m'empêchent de pouvoir parler.

CLITANDRE: Ah! Madame, que je serais heureux s'il était vrai que vous sentissiez tout ce que je sens, et qu'il me fût permis de juger de votre âme par la mienne! Mais, Madame, puis-je au moins croire que ce soit à vous à qui je

---

1. Conformité d'humeurs.

doive la pensée de cet heureux stratagème qui me fait jouir de votre présence?

LUCINDE: Si vous ne m'en devez pas la pensée, vous m'êtes redevable au moins d'en avoir approuvé la proposition avec beaucoup de joie.

SGANARELLE, *à Lisette*: Il me semble qu'il lui parle de bien près.

LISETTE, *à Sganarelle*: C'est qu'il observe sa physionomie et tous les traits de son visage.

CLITANDRE, *à Lucinde*: Serez-vous constante, Madame, dans ces bontés que vous me témoignez?

LUCINDE: Mais vous, serez-vous ferme dans les résolutions que vous avez montrées?

CLITANDRE: Ah! Madame, jusqu'à la mort. Je n'ai point de plus forte envie que d'être à vous, et je vais le faire paraître dans ce que vous m'allez voir faire.

SGANARELLE: Hé bien! notre malade, elle me semble un peu plus gaie.

CLITANDRE: C'est que j'ai déjà fait agir sur elle un de ces remèdes que mon art m'enseigne. Comme l'esprit a grand empire sur le corps, et que c'est de lui bien souvent que procèdent les maladies, ma coutume est de courir à guérir les esprits, avant que de venir au corps. J'ai donc observé ses regards, les traits de son visage, et les lignes de ses deux mains; et par la science que le Ciel m'a donnée, j'ai reconnu que c'était de l'esprit qu'elle était malade, et que tout son mal ne venait que d'une imagination déréglée, d'un désir dépravé de vouloir être mariée. Pour moi, je ne vois rien de plus extravagant et de plus ridicule que cette envie qu'on a du mariage.

SGANARELLE: Voilà un habile homme!

CLITANDRE: Et j'ai eu, et aurai pour lui, toute ma vie, une aversion effroyable.

SGANARELLE: Voilà un grand médecin!

CLITANDRE: Mais, comme il faut flatter l'imagination des malades, et que j'ai vu en elle de l'aliénation d'esprit, et même qu'il y avait du péril à ne lui pas donner un prompt secours, je l'ai prise par son faible, et lui ai dit que j'étais venu ici pour vous la demander en mariage. Soudain son visage a changé, son teint s'est éclairci, ses yeux se sont animés; et si vous voulez, pour quelques jours, l'entretenir dans cette erreur, vous verrez que nous la tirerons d'où elle est.

SGANARELLE: Oui-da, je le veux bien.

CLITANDRE: Après nous ferons agir d'autres remèdes pour la guérir entièrement de cette fantaisie.

SGANARELLE: Oui, cela est le mieux du monde. Hé bien! ma fille, voilà Monsieur qui a envie de t'épouser, et je lui ai dit que je le voulais bien.

LUCINDE: Hélas! est-il possible?

SGANARELLE: Oui.

LUCINDE: Mais tout de bon?

SGANARELLE: Oui, oui.

LUCINDE: Quoi? vous êtes dans les sentiments d'être mon mari?

CLITANDRE: Oui, Madame.

LUCINDE: Et mon père y consent?

SGANARELLE: Oui, ma fille.

LUCINDE: Ah! que je suis heureuse, si cela est véritable!

CLITANDRE: N'en doutez point, Madame. Ce n'est pas d'aujourd'hui que je vous aime, et que je brûle de me voir votre mari. Je ne suis venu ici que pour cela; et si vous voulez que je vous dise nettement les choses comme elles sont, cet habit n'est qu'un pur prétexte inventé, et je n'ai fait le médecin que pour m'approcher de vous et obtenir ce que je souhaite.

LUCINDE: C'est me donner des marques d'un amour bien tendre, et j'y suis sensible autant que je puis.

SGANARELLE: Oh! la folle! Oh! la folle! Oh! la folle!

LUCINDE: Vous voulez donc bien, mon père, me donner Monsieur pour époux?

SGANARELLE: Oui. Çà, donne-moi ta main. Donnez-moi un peu aussi la vôtre, pour voir.

CLITANDRE: Mais, Monsieur...

SGANARELLE, *s'étouffant de rire*: Non, non: c'est pour... pour lui contenter l'esprit. Touchez là. Voilà qui est fait.

CLITANDRE: Acceptez, pour gage de ma foi, cet anneau que je vous donne. C'est un anneau constellé, qui guérit les égarements d'esprit.

LUCINDE: Faisons donc le contrat, afin que rien n'y manque.

CLITANDRE: Hélas! je le veux bien, Madame. *(À Sganarelle.)* Je vais faire monter l'homme qui écrit mes remèdes, et lui faire croire que c'est un notaire.

SGANARELLE: Fort bien.

CLITANDRE: Holà! faites monter le notaire que j'ai amené avec moi.

LUCINDE: Quoi? vous aviez amené un notaire?

CLITANDRE: Oui, Madame.

LUCINDE: J'en suis ravie.

SGANARELLE: Oh! la folle! Oh! la folle!

Scène 7

LE NOTAIRE, CLITANDRE, SGANARELLE, LUCINDE, LISETTE

Clitandre parle au Notaire à l'oreille.

SGANARELLE: Oui, Monsieur, il faut faire un contrat pour ces deux personnes-là. Écrivez. Voilà le contrat qu'on fait: je lui donne vingt mille écus en mariage. Écrivez.

(Le Notaire écrit.)

LUCINDE: Je vous suis bien obligée, mon père.

LE NOTAIRE: Voilà qui est fait: vous n'avez qu'à venir signer.

SGANARELLE: Voilà un contrat bientôt bâti.

CLITANDRE: Au moins...

SGANARELLE: Hé! non, vous dis-je. Sait-on pas bien? Allons, donnez-lui la plume pour signer. Allons, signé, signé, signé. Va, va, je signerai tantôt, moi.

LUCINDE: Non, non: je veux avoir le contrat entre mes mains.

SGANARELLE: Hé bien! tiens. Es-tu contente?

LUCINDE: Plus qu'on ne peut s'imaginer.

SGANARELLE: Voilà qui est bien, voilà qui est bien.

CLITANDRE: Au reste, je n'ai pas eu seulement la précaution d'amener un notaire; j'ai eu celle encore de faire venir des voix et des instruments pour célébrer la fête et pour nous réjouir. Qu'on les fasse venir. Ce sont des gens que je mène avec moi, et dont je me sers tous les jours pour pacifier avec leur harmonie les troubles de l'esprit.

Scène dernière

LA COMÉDIE, LE BALLET ET LA MUSIQUE

TOUS TROIS *ensemble.*

Sans nous tous les hommes
Deviendraient mal sains,
Et c'est nous qui sommes
Leurs grands médecins.

LA COMÉDIE

Veut-on qu'on rabatte,
Par des moyens doux,
Les vapeurs de rate[1]
Qui vous minent tous ?
Qu'on laisse Hippocrate,
Et qu'on vienne à nous.

TOUS TROIS *ensemble.*

Sans nous...

> *Durant qu'ils chantent, et que les Jeux, les Ris et les Plaisirs dansent, Clitandre emmène Lucinde.*

SGANARELLE : Voilà une plaisante façon de guérir. Où est donc ma fille et le médecin ?

LISETTE : Ils sont allés achever le reste du mariage.

SGANARELLE : Comment, le mariage ?

LISETTE : Ma foi ! Monsieur, la bécasse est bridée[2], et vous avez cru faire un jeu, qui demeure une vérité.

---

1. Voir n. 1 p. 66.
2. Vous avez été trompé.

SGANARELLE, *les danseurs le retiennent et veulent le faire danser de force*: Comment, diable ! Laissez-moi aller, laissez-moi aller, vous dis-je. Encore ? Peste des gens !

Du tableau

au texte

Valérie Lagier

Du tableau

au texte

Du tableau au texte

L'Analyse
d'Adriaen Van Ostade

… la figure du savant…

S'il faut distinguer un fil conducteur à ces trois pièces de Molière — deux farces datant de la longue tournée en province de l'« Illustre Théâtre » entre 1646 et 1658 (*La Jalousie du Barbouillé* et *Le Médecin volant*), et une comédie jouée pour la première fois à Versailles devant le Roi en 1665 (*L'Amour médecin*) —, c'est certainement dans la figure du savant, « Docteur » ou « Médecin », fier de son habit et du pouvoir que lui confère sa science, et la critique acerbe à laquelle l'auteur la soumet. Au fil du temps, dans la vingtaine d'années qui séparent les deux farces de la comédie, la diatribe développée par Molière à l'endroit de la médecine — science en pleine élaboration au XVIIe siècle — ne cesse de s'affirmer et de se structurer, devenant à la fois plus méchante et plus argumentée. Le « Docteur » de *La Jalousie du Barbouillé*, « vêtu comme un médecin », mais plus philosophe que thérapeute, n'intervient que comme un personnage secondaire du récit, celui de médiateur entre le mari jaloux, le Barbouillé, et sa femme Angélique. Sollicité en raison de son savoir, c'est pourtant par son verbiage sans queue ni tête, mêlé

de latin de cuisine, opaque et prétentieux, qu'il enve-
nime le débat au lieu de l'apaiser. Dans *Le Médecin
volant*, Molière donne à Sganarelle, déguisé en faux
médecin, le rôle principal de l'intrigue. Toute la farce
repose sur l'idée que « l'habit » fait le médecin, et qu'il
suffit de parler « d'Hippocrate et de Galien » et d'être
un peu « effronté » pour être reconnu comme un
savant. Sganarelle, qui manie le latin avec humour et
fantaisie, n'hésitant pas à ajouter au dictionnaire des
formules de son cru — « Salamalec, salamalec » (mot
arabe) —, est l'instrument de son maître Valère, amant
de Lucile, qui souhaite l'enlever des griffes de son père
Gorgibus. Celui-ci veut la marier à un autre et le valet,
impressionnant le bourgeois par sa prétendue érudition, obtient de lui qu'il laisse Lucile, faussement
malade, se reposer dans un pavillon au fond du jardin.
Ainsi, elle retrouve son amant.

*… cette science, dans laquelle il ne voit que grimace et
pédanterie…*

Dans *L'Amour médecin*, c'est au tour de la jeune
Lisette d'être livrée au diagnostic de quatre médecins,
qui passent plus de temps à s'écouter parler, à ferrailler
à coups de formules et de théories, qu'à examiner la
malade. Dans cette pièce plus aboutie que les deux
farces précédentes, Molière se moque d'une manière
beaucoup plus sérieuse de la médecine et des hommes
de l'art dont il connaît à la fois le vocabulaire et les pratiques. Il avance aussi, à travers ce récit, l'hypothèse que
l'esprit peut beaucoup pour la guérison du malade, et,
dans le cas de Lisette, que l'amour est seul capable de
lui faire recouvrer la santé. D'autres pièces, *Le Médecin*

malgré lui puis *Le Malade imaginaire*, permettront à Molière de durcir encore sa critique à l'égard de cette science, dans laquelle il ne voit que grimaces et pédanterie. Cette accusation, support de la comédie, est nourrie chez lui d'une solide culture médicale, apprise sans doute auprès de ses amis Jean Armand de Mauvillain et François Bernier, tous deux praticiens. Centrale dans son œuvre, cette figure du médecin s'impose naturellement à l'esprit à la lecture de ces trois pièces disparates, car, dans les trois cas, elle est le pivot du récit. Ce tableau, intitulé *L'Analyse*, dû au pinceau d'Adriaen Van Ostade (1610-1685), est quasi contemporain de *L'Amour médecin*, puisqu'il date de 1666. Il cherche à mettre en scène l'activité médicale telle qu'elle se pratique partout en Europe au XVIIe siècle, une science qui s'appuie sur l'analyse des urines comme élément de diagnostic et sur l'usage des plantes comme remèdes. C'est donc sans effort que cette image peut s'associer aux farces et comédies de Molière, à une nuance près pourtant : si Molière doute du savoir des hommes de l'art, Van Ostade y croit, et c'est avec conviction qu'il donne à voir la théorie médicale en train de s'élaborer.

… *une figure d'autorité…*

Savant en habit, sérieux et concentré, armé de son savoir livresque, le médecin apparaît sous le pinceau du peintre comme une figure d'autorité, le visage grave et les sourcils froncés par une intense réflexion intérieure. Le vieil homme, aux mains ridées, est en train d'examiner un flacon rempli d'urine. Cette pratique est alors parfaitement courante et Molière s'en fait un écho appuyé et humoristique dans *Le Médecin volant*.

Sganarelle réclame, pour forger son diagnostic, «de voir l'urine de l'égrotante». Il en tire l'observation suivante : «Voilà de l'urine qui marque grande chaleur, grande inflammation dans les intestins.» Molière ne s'arrête pas là. Il montre Sganarelle en train d'avaler l'urine et de tirer de cet examen nombre d'informations supplémentaires sur l'état de la malade : «Avec le goût, je discerne bien mieux la cause et les suites de la maladie.» En forçant le trait, Molière obtient une charge comique irrésistible tout en véhiculant un doute sur la validité scientifique d'une telle méthode. Sans aller jusqu'à la boire comme Sganarelle, le médecin de Van Ostade fait rouler l'urine dans son flacon, jugeant de sa couleur et de sa densité pour se faire une idée du mal dont souffre le malade. Sur sa table, recouverte d'un somptueux tapis d'origine orientale, plusieurs papiers, livres, scalpels et pots à pharmacie offrent un cadre de vie propre à l'étude théorique plus qu'à l'exercice pratique. Car aucun malade n'est visible dans cet intérieur, l'analyse se fait en son absence. Sur un pupitre, un énorme livre de botanique est ouvert, illustré de planches. La thérapeutique du temps est encore sommaire, et l'usage de tisanes et de potions préparées à base de plantes est bien souvent, avec la diète, la saignée, le clystère et les vomitifs, l'unique moyen de soigner. À cette époque, ce sont presque toujours les «apothicaires» et non les médecins qui fabriquent les remèdes. Cette répartition des rôles dans le soin du malade vaut à Molière cette délicieuse réplique, qu'il place dans la bouche de Lisette, dans *L'Amour médecin* : «Elle est morte de quatre médecins et de deux apothicaires.» Et c'est bien chez un apothicaire, appelé «opérateur», que Sganarelle se rend pour obtenir de l'«orviétan», ce remède «miracle», inventé à la fin du xvie siècle par un habitant d'Orvieto, composé d'une très grande quantité de substances et censé guérir toutes les maladies.

… être médecin au xviie siècle, c'est d'abord être docteur…

Contrairement à Sganarelle qui feint le savoir, le médecin du tableau est un vrai lettré, il sait lire et écrire. Le nombre important d'ouvrages qui tapissent son bureau et ses étagères témoigne de son niveau d'études, et son écritoire de sa faculté à coucher sur le papier ses réflexions. Car être médecin au xviie siècle, c'est d'abord être docteur, c'est-à-dire avoir suivi un enseignement à l'Université, contrairement aux chirurgiens qui deviennent maîtres au sein de leur corporation. Le contenu de l'enseignement est formel et théorique, excluant l'observation pratique du malade, ce qui apporte un éclairage intéressant à l'analyse de la gent médicale proposée par Molière. Ses médecins ont, en effet, une propension singulière à étaler leur savoir, incompréhensible aux yeux des mortels, et à se moquer de la présence de leur patient. Parfois, comme le dit si bien Tomès, un des médecins de *L'Amour médecin*, « la malade [meurt] bravement pendant cette contestation ». Le personnage de Van Ostade affiche clairement sa profession dans son habit, d'une belle étoffe noire, souligné d'une fraise blanche, et dans sa coiffure, un chapeau sombre. Si la mode hollandaise de ce personnage diffère de la mode française, où la fraise n'a plus cours, il n'en reste pas moins que l'« habit » qui fait le médecin dans les pièces de Molière est pareillement constitué d'étoffe sombre. Impressionnant pour le malade, l'habit a surtout pour but de montrer l'appartenance de ce corps de métier à la bourgeoisie aisée. Le beau noir est une couleur chère, qui marque sans ostentation la richesse du bourgeois. Le médecin est un notable, ses études ont coûté cher et ses honoraires le sont aussi. Cette richesse se lit à la présence de ce superbe tapis oriental qui jette une tache multicolore dans cet univers uniformément sombre. La composition du tableau, qui met l'accent sur un brutal clair-obscur, est une des marques de la peinture de genre hollandaise du XVIIe siècle, dont Van Ostade est une figure importante.

... un élément d'une paire...

Cet artiste, dont la carrière s'est presque entièrement déroulée à Harleem, en Hollande, se fait, dans sa jeunesse, une spécialité des «gueuseries», scènes de mœurs paysannes. De petit format, ses œuvres, fortement inspirées d'Adriaen de Brouwer (1605-1638), mettent alors en scène, avec verve et truculence, des intérieurs de cabaret ou des salles de ferme, où de petits personnages donnent libre cours à leur ébriété. À partir de 1640 environ, son art évolue sous l'influence de Rembrandt (1606-1669) et troque les couleurs franches et simples des débuts pour une tonalité blonde et un sens savant du clair-obscur. Les dernières années de sa carrière, après 1660, à laquelle appartient *L'Analyse*, voient l'apparition de nombreux portraits d'hommes de loi ou de savants, dans une facture plus lisse et plus fine et dont le clair-obscur tend à s'atténuer. La composition de ces portraits adopte une formule identique : un personnage de trois quarts, devant un paravent sombre qui masque le fond de la pièce, est assis devant une table recouverte d'un même tapis oriental, absorbé dans une activité d'étude. Le musée Boymans-Van Beuningen à Rotterdam possède ainsi une œuvre très proche de *L'Analyse*, qui met en scène *Un avocat dans son étude* (huile sur bois, vers 1680-1684), le corps et le visage inclinés vers la droite. Cette position différente du corps suggère que chacun de ces tableaux, à vingt ans de distance, a été conçu comme un élément d'une paire, et dont le pendant est pareillement perdu. Ce type de tableau était, en effet, bien souvent utilisé de part et d'autre d'une cheminée. Ayant appartenu au XVIIIe siècle à la collection du frère de la marquise de Pompadour, le marquis de Marigny, ce tableau a été acheté dans le dernier quart du XIXe siècle par Auguste Dutuit, avant d'entrer dans la collection du musée du Petit-Palais. Lors de cette vente, il a figuré avec un pendant, mais il s'agissait vraisemblablement d'une paire recomposée. Ce tableau est donc désormais orphelin de son double. Dans l'esprit de l'artiste, chacune des deux œuvres était partie d'un tout, d'une réflexion sur le savoir et la connaissance, même si l'on ignore quelle était l'activité de l'autre personnage, cet absent qui était le modèle du tableau perdu.

… ce terrible pouvoir du savoir…

Ces petits sujets, hommes de loi ou savants, appartiennent à une figuration relativement traditionnelle dans la peinture hollandaise de ce temps, que l'on retrouve sous le pinceau de nombreux artistes. À la fois portraits et scènes de genre, ces œuvres ne sont pas dénuées d'une certaine interrogation morale sur le sens de l'étude et la valeur du savoir. Inventaires somme toute précis de l'attirail professionnel de chaque métier, ces petites scènes, conçues en paire, montrent le chemin de la pensée en train de s'élaborer. Hommage à une profession, à une activité de l'esprit, ce tableau, comme toutes les autres scènes de ce type, nous fait pénétrer dans l'intimité du savant, dans son cadre quotidien, et cherche par là à rendre moins opaque, moins mystérieuse l'élaboration de sa science. En voyant ce médecin, homme âgé, au regard sans certitude, le masque tombe et son savoir, cet inconnu qui impressionne et terrifie celui qui ne le possède pas, cesse d'appartenir à une sphère inaccessible. Le peintre nous aide à l'apprivoiser, à le rendre familier, à montrer que le doute est omniprésent chez celui qui s'engage sur le périlleux sentier de la connaissance. Et c'est peut-être par là que Van Ostade et Molière curieusement se rejoignent. Par le rire et la satire, par l'ironie et la critique, Molière dévoile lui aussi les ficelles de la science médicale, il la démystifie et anéantit aux yeux du monde ce terrible pouvoir du savoir.

Le texte

en perspective

Christian Zonza

Vie littéraire

Rire au théâtre

1.

Aspects de la comédie au XVIIe siècle

1. *La tradition comique de l'Antiquité au Moyen Âge*

Si Molière a su donner ses lettres de noblesse à la comédie, en la renouvelant et en la rendant l'égale de la tragédie, il ne faut pas oublier qu'il a une certaine dette à l'égard des grands auteurs de l'Antiquité comme Plaute (254-184 av. J.-C.), des farces médiévales ou des comédies italiennes et espagnoles.

Bien avant Molière, les auteurs grecs avaient inventé, au IIe siècle avant J.-C., de petites farces de caractère bouffon qui faisaient intervenir des personnages types comme Maccus, le niais, Bucco, le vantard, Pappus, le vieillard ridicule et avare : on appelait ces pièces des atellanes, du nom de la ville de Campanie, Atella, où elles ont été créées. La comédie avait lieu lors des fêtes données en l'honneur du dieu Dionysos : les farces étaient de violentes satires de la politique, qui jouaient sur le grotesque et l'obscène. L'un des auteurs les plus connus est Aristophane (450-386 av. J.-C.).

Au Moyen Âge, la farce qui est, à ses débuts, un court discours comique de 350 vers environ, tenu par un personnage, qui jouait plusieurs rôles, ou par un petit nombre de personnages, connaît son heure de gloire entre 1450 et 1550. Sans doute a-t-elle été influencée par les fabliaux, qui, nous le verrons, ont des points communs avec la farce : Molière s'est par exemple inspiré du *Vilain Mire* pour écrire son *Médecin malgré lui*. Lorsque le Barbouillé traite le docteur de «ramoneur de cheminée», peut-être s'agit-il d'une allusion à la *Farce nouvelle d'un ramoneur de cheminées fort joyeuse*. **Satire** sociale, la farce traite, sur le même mode, de sujets semblables, tirés de la réalité quotidienne du ménage et met ainsi en scène des personnages types : un mari faible et trompé, une femme rusée, bavarde et infidèle. L'intrigue est fondée sur une ruse qui produit un renversement de situation : une femme cache son amant lorsque son mari arrive ou un mari reprend de l'autorité sur sa femme. Les diverses conditions sociales ou certaines professions sont également l'objet de satires : le paysan dans *Le Vilain et son fils*, ou le corps médical dans *Le Médecin*. Les farces sont jouées sur des tréteaux installés sur des places au moment des foires et sont destinées à un public populaire qui cherche avant tout à se divertir, ce qui explique la présence d'un comique peu raffiné, fondé bien souvent sur des obscénités. Les farces les plus célèbres sont *La Farce du Cuvier* qui met en scène un mari en rebellion contre l'autorité excessive de sa femme, ou *La Farce de Maître Pathelin* dans laquelle le héros fait semblant d'être malade pour ne pas payer le tissu qu'il doit au drapier.

2. *La farce au XVIIe siècle*

Ce théâtre populaire de rue ne disparaît pas et Molière a pu, enfant, assister à des représentations avec son grand-père Cressé. Le public aimait à se rassembler devant les tréteaux, pour écouter des farceurs comme Mondor et Tabarin, deux frères qui s'installent place Dauphine en 1619, les **bateleurs** et les « opérateurs », dont *L'Amour médecin* nous montre un exemple. Vendeurs de potions censées guérir tous les maux, ils engageaient des acteurs chargés de jouer de petites farces pour attirer les clients : certains comédiens de la troupe de Molière, et peut-être Molière lui-même, ont commencé ainsi dans le métier du théâtre.

Mais les farces étaient aussi représentées dans les théâtres. À l'Hôtel de Bourgogne, le principal théâtre parisien au début du siècle, un acteur jouait un **prologue** comique avant la pièce principale, bien souvent une tragédie, et une farce achevait la représentation. Les principaux farceurs se nommaient Gros-Guillaume qui jouait les rôles d'ivrogne et de valet, Gaultier-Garguille qui jouait les vieillards et, enfin, Turlupin, cantonné dans les rôles de valets fourbes.

Le théâtre de Molière s'inspire directement de ces farces : au début de *Georges le Veau* ou au début du *Cuvier*, les héros se plaignent comme notre Barbouillé d'avoir épousé une femme qui ne cesse de leur faire des reproches. La rusée et infidèle Angélique, la babillarde Sabine, le pauvre Barbouillé, victime de l'infidélité de sa femme, viennent directement de la farce. Le texte n'était pas rédigé dans le détail : il s'agissait plutôt d'un **canevas** sur lequel les acteurs brodaient. *Le Médecin volant* conserve encore les traces de cette liberté laissée aux acteurs puisque, dans la scène 3, le soin de terminer la réplique de Gros-René est laissé à l'acteur, Molière se contentant d'écrire la **didascalie** *« (Galimatias) »*. Molière met à la mode la *petite comédie* en jouant devant le roi *Le Docteur amoureux* en 1658, après avoir essuyé l'échec de la représentation d'une tragédie de Corneille, *Nicomède*.

3. *L'influence de la comédie italienne*

Cependant Molière ne s'inspire pas seulement des farces françaises : il puise également son inspiration dans les comédies italiennes qui connaissent un grand succès pendant la première moitié du siècle.

Deux reines de France, toutes deux italiennes, Catherine puis Marie de Médicis, contribuent à l'arrivée des comédiens italiens à Paris et au développement de la **commedia dell'arte**. À son arrivée à Paris, Molière est forcé de partager la salle du Petit-Bourbon avec les acteurs italiens, dirigés par Tiberio Fiorilli, plus connu sous le nom de Scaramouche, et il y découvre certains personnages types que l'on va retrouver dans son théâtre. Dans *L'Amour médecin* apparaissent aussi « plusieurs Trivelins et plusieurs Scaramouches, valets de l'opérateur » qui sont également des personnages de la comédie italienne. Le vieillard amoureux, ridicule, et bien souvent avare, incarné dans la comédie italienne par Pantalon, réapparaît sous les traits du Gorgibus du *Médecin volant* ou du Sganarelle de *L'Amour médecin*. Le valet bouffon incarné par Arlequin donnera le lourdaud Sganarelle du *Médecin volant* et le valet fripon qu'incarne Brighella, le futur Scapin des *Fourberies*. Forgé sur Scapin/Scaramouche et Brighelle/Polichinelle, le nom « Sganarelle » est donné à un valet dans *Le Médecin volant* et plus tard dans *Dom Juan*, à un paysan dans *Le Médecin* *malgré lui* ou à un bourgeois dans *L'Amour médecin*. On rencontre un autre personnage type, le docteur Balouardo, savant qui estropie le latin et le grec, et fait preuve de pédantisme : on le retrouvera sous les traits de nos médecins. Enfin, la comédie italienne met en scène les personnages de jeunes amoureux, qu'il s'agisse de Valère dans *La Jalousie*, de Clitandre dans *L'Amour médecin*, ou de Lucile, la jeune fille pure et amoureuse du *Médecin volant*, qui deviendra la Lucinde de *L'Amour médecin*.

Dans la commedia dell'arte, certains acteurs portaient des masques et des costumes traditionnels qui les rendaient immédiatement identifiables par le spectateur (le vieillard, le bouffon) ou bien ils étaient farinés, ce qui explique le nom de « Barbouillé ». L'acteur avait sans aucun doute le visage barbouillé de noir de fumée ou de lie-de-vin. Le médecin porte une longue robe noire, un demi-masque noir qui couvre le front et le nez, et un bonnet carré noir. Le texte lui-même nous donne d'ailleurs des indications sur les costumes des personnages : dans la scène 2 de *La Jalousie du Barbouillé*, le docteur soulève sa robe, dans la scène 6, Gorgibus demande au docteur de remettre son bonnet ; dans *Le Médecin volant*, Gros-René trouve la robe abandonnée par Sganarelle ; dans *L'Amour médecin* (III, 5), Clitandre entre en habit de médecin.

4. *Une nouvelle forme de comédie : la comédie-ballet*

Molière a su faire une synthèse des genres comiques pour créer une comédie plus raffinée et pour inventer un nouveau genre, la comédie-ballet.

Importé d'Italie par Catherine de Médicis, le ballet

connaît un grand succès à la Cour du jeune Louis XIV, qui souhaite lui-même participer à la danse. Les ballets sont chargés non seulement de divertir le roi, mais aussi de faire converger vers lui tous les regards lorsqu'il danse et d'accroître ainsi sa gloire personnelle ; il s'agit d'éblouir les autres nations lorsque les ambassadeurs de pays étrangers sont invités à la Cour de France. Après avoir donné *Les Fâcheux* à Vaux-le-Vicomte lors de la fête préparée par Foucquet à l'intention du roi en août 1661, Molière ne cessera plus de s'adonner à la comédie-ballet jusqu'au *Malade imaginaire.*

C'est pour obtenir la faveur royale que Molière se lance dans le genre et qu'il écrit cet *Amour médecin* dont le prologue s'adresse au « plus grand roi du monde », à l'occasion des quatre jours de fête organisés par le roi à Versailles en septembre 1665. Il collabore alors avec le musicien florentin Jean-Baptiste Lully (1632-1687). Ces comédies-ballets offrent une place très variable à la comédie et à la musique. Si le prologue de *L'Amour médecin* invite les trois arts, comédie, musique et danse, à cohabiter, de manière égale, dans un spectacle complet, l'accent est cependant mis sur la comédie tandis que les parties chantées et dansées sont rares. Le prologue présente les trois arts chantant de concert. À la fin du premier acte, on trouve un premier intermède qui montre Champagne et les médecins dansant. Le deuxième acte s'achève sur la chanson de l'opérateur qui introduit un deuxième entracte où dansent les valets de l'opérateur. Enfin, la scène dernière apparaît comme un écho au prologue puisque réapparaissent la comédie, la musique et la danse. Cette fois, cependant, leur intervention est liée à l'intrigue de la pièce : elles recommandent aux spectateurs de se laisser soigner par les arts plus que par la médecine, et les danseurs finissent par entraîner Sganarelle dans la danse finale.

La comédie qui s'adressait à un public plus populaire touche ainsi l'aristocratie qui assiste à ces ballets.

2.

La place du théâtre dans la société

1. *Les conditions de représentation*

À Paris, le principal théâtre est l'Hôtel de Bourgogne, salle peu commode et misérablement installée, propriété d'une confrérie religieuse qui la loue aux troupes désireuses de jouer devant le public parisien. Les troupes pouvaient se produire également dans d'autres hôtels particuliers ou dans des salles de jeu de paume. La rareté des salles explique donc que le théâtre se développe plus en province qu'à Paris. À l'époque de Molière, on connaît principalement trois troupes. Tout d'abord, la troupe de Molière qui, lorsqu'elle arrive à Paris en 1658, occupe la salle du Petit-Bourbon, contiguë au Louvre. Elle la partage avec les Comédiens-italiens, dont le célèbre Scaramouche, jusqu'en 1659, date de leur retour en Italie. La seconde troupe est celle des Comédiens du Roi qui occupent l'Hôtel de Bourgogne. La troisième est celle du Marais. Après la destruction du Petit-Bourbon, Molière et sa troupe occupent la salle du Palais-Royal. Après la mort de Molière, la troupe, chassée par Lully qui veut y représenter de l'opéra, s'installe à l'Hôtel Guénégaud et fusionne avec la troupe du Marais devenant ainsi la troupe dite de Guénégaud, qui s'unit elle-même en 1680 avec celle de l'Hôtel de Bourgogne, pour devenir la Comédie-Française.

Les représentations théâtrales n'ont lieu que le vendredi, le dimanche et le mardi, les jours les moins consacrés aux affaires tandis que le mercredi et le samedi sont jours de marché. La première représentation d'une pièce a lieu le vendredi pour que les éloges attirent du public le dimanche suivant. À partir de 1680, les représentations auront lieu tous les jours. Huit cents représentations par an sont données à Paris. Les spectacles sont joués en matinée et jamais le soir en raison de l'insécurité qui règne dans les rues.

La scène est divisée en plusieurs parties ayant chacune un décor, ce qui explique que dans *L'Amour médecin* nous soyons à l'intérieur de la maison pendant presque toute la pièce sauf dans la scène de l'opérateur qui se déroule obligatoirement dans une rue. Les nobles peuvent se trouver assis sur des chaises sur le côté de la scène ou bien dans les loges tandis que le parterre est réservé au peuple — composé de soldats, de valets, de pages, d'artisans et d'étudiants — souvent bruyant, indiscipliné et bagarreur.

2. *Le public*

Au début du XVIIe siècle, le théâtre attirait un public très populaire. La noblesse n'assistait qu'aux ballets de cour, la bourgeoisie ne fréquentait pas l'Hôtel de Bourgogne. Cela explique que les comédiens aient été peu connus et reconnus. À partir de 1625, certains auteurs comme Corneille mettent sur la scène des comédies, des tragédies et des **tragi-comédies** d'une meilleure qualité littéraire. De ce fait, le théâtre s'adresse désormais à un autre public, plus raffiné et plus cultivé. Qui assistait aux représentations des pièces de Molière? Lorsque les pièces étaient représentées dans les palais et les résidences privées, comme cela fut le cas pour *L'Amour médecin*, le public était constitué de membres de la Cour. Lorsque les pièces étaient données dans les théâtres parisiens, le public était plus mélangé. On sait que le parterre auquel le Barbouillé s'adresse dans la scène 12 est accessible aux gens les moins fortunés puisqu'il fallait y rester debout, mais les places y sont encore trop chères pour le peuple et ce sont bien souvent des petits-bourgeois qui occupent cette place : artisans, marchands, gens de justice… Nombre de plaisanteries, de jeux de mots en latin dans *Le Barbouillé* ou de citations ne sont déchiffrables que par des gens cultivés, capables de les comprendre. L'univers qui y est représenté est conforme aux aspirations de ce public : importance de l'argent, types sociaux courants. Lorsqu'il représente *L'Amour médecin* devant le roi, Molière met en scène des personnages de médecins qui ressemblent physiquement et moralement aux médecins connus à la Cour. Dans tous les cas, nous voyons que la comédie est un miroir social, ce qui explique que les auteurs soient sous l'étroite surveillance des pouvoirs religieux et politique.

3. *Les acteurs face à la censure*

En raison d'une interprétation erronée et hâtive de textes religieux, les comédiens — au même titre que les magiciens, les sorciers, les blasphémateurs, ou les prostituées — sont exclus des sacrements. Cela explique que Molière ait dû se passer de la protection du prince de Conti, lorsque ce dernier est devenu dévot, leur refusant alors le titre de « comédiens du prince de Conti » et approuvant la suppression de subventions. Molière connaît à nouveau le pouvoir des dévots lors de la représentation de *Tartuffe* en mai 1664, que le roi finit par faire interdire. Pour être inhumée en terre sainte, Madeleine Béjart, épouse de Molière, a préalablement signé un acte de renonciation au métier de comédienne, et il faut qu'Armande Béjart intervienne auprès du roi puis de l'archevêque pour que le curé de Saint-Eustache accorde à Molière une sépulture ecclésiastique à condition, toutefois, que l'enterrement ait lieu la nuit et sans service solennel : Molière n'avait pas pu, en mourant, prononcer la renonciation traditionnelle à la profession de comédien.

Pourtant le théâtre connaît beaucoup de succès dès le début du XVIIᵉ siècle avec *Le Cid* de Corneille en 1636. Les hommes politiques eux-mêmes l'apprécient, qu'il s'agisse de Richelieu qui fait édifier en 1630 le théâtre du Palais-Cardinal, du cardinal Mazarin ou du roi en personne. Mais cette défense n'est pas sans condition : il faut que les auteurs et les acteurs s'engagent à ne pas représenter des choses malhonnêtes et indécentes sur scène. Cependant, les allusions sexuelles et scatologiques qui émaillent *La Jalousie* et *Le Médecin volant* montrent la grande tolérance qui s'exerce dans les années 1660.

L'époque qui suit la mort de Molière sera moins favorable à la comédie, tout simplement parce que le roi, soucieux de son salut éternel, s'en détourne. Les écrits contre le théâtre, venant de Bossuet par exemple, se multiplient et trouvent un écho favorable. Pourtant, le théâtre comique a aussi un rôle moral parce qu'il montre non seulement les défauts des particuliers — avocats, médecins, bourgeois — mais également les travers de l'âme humaine. C'est le rôle que lui a assigné Molière en faisant évoluer son théâtre de la farce vers un modèle de comédie plus raffiné.

Petit lexique du théâtre

Aparté : discours du personnage adressé à soi-même et donc au public et censé ne pas être entendu par les autres personnages.

Bateleur : artiste populaire qui réalisait des tours d'adresse et d'acrobatie sur des places publiques avant de vendre pommades ou médicaments.

Canevas : résumé (scénario) d'une pièce pour les improvisations des acteurs.

Commedia dell'arte : nom donné à partir du xviie siècle aux comédies italiennes fondées sur l'improvisation gestuelle et verbale.

Coup de théâtre : action imprévue changeant subitement la situation.

Dénouement : épisode qui élimine définitivement les obstacles.

Didascalies : indications scéniques.

Lazzi : élément mimique, contorsions, rictus, comportement clownesque, accompagnant souvent des jeux de mots ou des allusions sexuelles.

Monologue : discours que le personnage se tient à lui-même.

Quiproquo : méprise qui fait prendre un personnage pour un autre.

Satire : description moqueuse.

Scène d'exposition : la (ou les) première(s) scène(s) qui donne(nt) les éléments essentiels de l'intrigue.

Soubrette : servante ou suivante du personnage féminin de la comédie, chargée de réagir contre les projets insensés de leur maître.

L'écrivain
à sa table de travail

De la petite
à la grande comédie

CES TROIS COURTES pièces de Molière présentent un
double intérêt. Il s'agit d'abord d'un intérêt génétique
(concernant la genèse de l'œuvre) parce qu'elles nous
montrent comment travaille un auteur : il s'inspire
d'œuvres antérieures pour écrire des œuvres person-
nelles qu'il réutilise par la suite pour en inventer
d'autres. Le second intérêt est générique (concernant
le genre de l'œuvre) : Molière fait évoluer la farce vers
une comédie plus subtile, miroir satirique de la réalité
de son époque et de l'âme humaine.

1.

Les sources du théâtre de Molière

1. *Les sources de nos trois pièces*

La mise en scène d'un médecin n'est pas une origi-
nalité de Molière. Certaines farces, du Moyen Âge au
XVIe siècle, mettent en scène des médecins comme
*L'Homme, la Femme, l'Amoureux et le Médecin ; Le Médecin,
le Badin, la Femme et la Chambrière ; Le Malade* ou *Le Méde-*

cin qui guérit de toutes sortes de maladies. Lorsque Molière
donne devant le roi Le Docteur amoureux, le sujet a déjà
été traité. On connaît un Docteur amoureux de Le Vert
en 1638 qui met en scène le docteur Fabrice, amoureux
d'une nourrice. L'épisode dans lequel le Barbouillé est
pris à son propre piège en se laissant enfermer à l'extérieur de la maison est emprunté à un conte de l'auteur
italien Boccace (1313-1375), Le Jaloux corrigé (Décamé-
ron, VIIIe journée, 4e nouvelle), où une femme piégée à
l'extérieur de la maison fait semblant de se jeter dans
un puits. Une partie de la pièce est également inspirée
d'une pièce de 1553 de Bernardino Pino, Gl'ingiusti sde-
gni (Les Dédains injustifiés), qui met en scène un certain
Flavio face à un homme aussi pédant que le docteur de
Molière. Le Médecin volant viendrait de pièces italiennes,
Truffaldino medico volante, Il medico volante (pièces ano-
nymes), et Il medicini volante de Domenico Biancolelli.
Au XVIIe siècle, le sujet devient une tradition puisque
Edme Boursault écrit en 1665 un Médecin volant, sans
doute un plagiat de Molière.

   Quant à L'Amour médecin, il faut là encore y voir un
emprunt à une pièce italienne, Pulcinella medico a forza
(Pulcinella médecin malgré lui). Le valet Gabba annonce
que la fille de Roberto est devenue folle. Pour obtenir
la jeune fille des mains de son père, Orazio se fait passer pour l'assistant du faux médecin Pulcinella et propose comme remède de faire croire à la jeune fille qu'il
l'épouse. Après le mariage, Orazio et la jeune fille disparaissent, se marient réellement et Roberto finit par
accepter cette union. En 1618, a été également représenté un Amour médecin de Pierre de Sainte-Marthe,
dont le texte a été perdu mais qui a peut-être été lu par
Molière. On pense aussi que le sujet a pu être emprunté
à un roman de Charles Sorel (1600-1674), Le Palais

d'Angélie, ou bien encore à une œuvre de Tirso de Molina, *La Vengeance de Tamar.*

2. *Les trois pièces sources d'autres œuvres de Molière*

Si les trois pièces puisent à la source d'œuvres antérieures, elles sont aussi pour Molière des brouillons préparatoires aux pièces les plus connues de son œuvre.

Il réutilise en effet dans ses pièces ultérieures des procédés, des phrases même, qu'il a déjà utilisés. Lorsque le médecin de *La Jalousie du Barbouillé* définit le «galant homme» en montrant que le mot «[…] vient d'*élégant !* prenant le *g* et l'*a* de la dernière syllabe, cela fait *ga*, et puis prenant *l*, ajoutant un *a* et les deux dernières lettres, cela fait *galant* […]», Molière annonce *Le Bourgeois gentilhomme* où le maître de philosophie apprend à M. Jourdain comment on prononce certaines lettres : «La voix se forme en ouvrant fort la bouche : A. »

Dans *La Jalousie du Barbouillé,* Molière joue sur le sens du mot *venir :* «Sais-tu bien d'où vient le mot de *galant homme*? » demande le médecin, et le Barbouillé prend le mot *venir* au sens d'*arriver* et répond : «Qu'il vienne de Villejuif ou d'Aubervilliers, je ne m'en soucie guère. » C'est exactement le même procédé comique qui sera repris en 1666 dans *Le Médecin malgré lui :* alors que Martine reproche à Sganarelle de lui laisser quatre petits enfants sur les bras, il lui conseille de les poser à terre.

De la même manière, des procédés dramatiques identiques sont repris : dans *La Jalousie du Barbouillé* (scène 6), le docteur arrive pour réconcilier Angélique, Gorgibus et le Barbouillé. Dans *Le Médecin malgré lui,* c'est M. Robert qui arrive pour réconcilier Martine et Sganarelle. La ressemblance la plus évidente concerne surtout *La Jalousie* et *George Dandin*. Les deux pièces s'ouvrent sur des monologues dans lesquels les héros déplorent leurs malheurs conjugaux : l'épouse s'entretient avec son galant et cherche à détourner les soupçons du mari, le père d'Angélique et les beaux-parents de Dandin prennent la défense de leur fille, le Barbouillé se retrouve à la porte de sa maison exactement comme George Dandin grâce à l'habileté de l'épouse. Il suffit de mettre les deux textes en parallèle pour voir que Molière s'est largement inspiré de sa *Jalousie* pour écrire *George Dandin* :

La Jalousie du Barbouillé	George Dandin
«Mais la porte est fermée. Cathau! Cathau!» (scène 10)	«La porte s'est fermée […] Colin, Colin, Colin.»
«… et d'où venez-vous, Madame la carogne, à l'heure qu'il est?» (scène 11)	«Ah je vous y prends donc, Madame ma femme […] Je suis bien aise de vous voir dehors à l'heure qu'il est […] Madame la coquine.»
«Hé! mon pauvre petit mari, je t'en prie, ouvre-moi…» (scène 11)	«Eh mon pauvre petit mari. Je vous en conjure. […] Hé je vous prie, faites-moi ouvrir la porte.»

Dans *L'Amour médecin*, Molière se sert d'un procédé qu'il réutilisera dans *Les Fourberies de Scapin* : Lisette se met à chercher Sganarelle qui est sous son nez en se lamentant et en se plaignant pour attirer son attention. Scapin se servira du même procédé avec Géronte pour lui dire que son fils vient d'être enlevé par des Turcs et pour adoucir son avarice. Enfin, chacune de ces trois pièces annonce *Le Médecin malgré lui* en 1666 et *Le*

Malade imaginaire en 1673. Cependant, la différence est grande entre les premières farces et les dernières comédies. Cette évolution est déjà présente dans nos trois pièces.

2.

L'évolution progressive du modèle de la farce

Molière se détache en effet, peu à peu, du modèle traditionnel de la farce en ce qui concerne les personnages, les procédés comiques et la structure dramatique.

1. *Les personnages*

La Jalousie du Barbouillé se sert du vieux thème du « vilain trompé » et met en scène les protagonistes habituels de la farce française. On y trouve un paysan brutal à l'égard de sa femme (« Tiens, je suis bien tenté de te bailler une quinte major, en présence de tes parents ») et du docteur (« […] mais tu m'écouteras, ou je te vais casser ton museau doctoral »), et, de plus, ivrogne (« Laisse là cet ivrogne ; ne vois-tu pas qu'il est si soûl qu'il ne sait ce qu'il dit ? », dit Angélique à Cathau). On y rencontre aussi une femme effrontée et rusée, capable non seulement de tromper son mari avec un autre mais de lui faire endosser sa propre faute, retournement de situation caractéristique de la farce française. À cette tradition, Molière mêle la comédie italienne avec le personnage du docteur pédant. Il est aisé d'imaginer le retentissement que de tels caractères

pouvaient avoir sur le public. Ils étaient susceptibles de
plaire aux femmes qui y voyaient une forme de supé-
riorité sur leurs époux, et aux nobles ou aux bourgeois,
pour lesquels le paysan constituait un sujet de raillerie.
Dans *Le Médecin volant*, le personnage du valet, Sganarelle, est conforme à la tradition italienne : il est cupide
puisqu'il accepte de jouer les médecins dès que Valère
lui promet dix pistoles. *Le Médecin volant* et *L'Amour
médecin* se placent également dans le fil de la comédie
italienne par le procédé du galant qui enlève sa bien-
aimée sous les yeux du père, grâce à un valet, Sganarelle dans un cas, ou à une **soubrette** comme Lisette.
Cependant, dans *L'Amour médecin*, les personnages s'af-
finent : Lisette annonce la Toinette du *Malade imaginaire*. Elle s'exprime correctement, ose tenir tête à son
maître et aux médecins, invente le stratagème qui per-
mettra aux amants de s'aimer, et elle n'agit pas par
intérêt mais uniquement par grandeur d'âme.

   Une évolution est à noter également en ce qui
concerne le nombre des personnages. *La Jalousie* en
comporte huit, mais leur prise de parole et leur rôle
dans l'intrigue sont réduits. Le Barbouillé est présent
dans neuf scènes sur treize, tandis que Valère, amant
d'Angélique, n'apparaît que dans trois scènes et constitue simplement un prétexte à la jalousie du Barbouillé.
Quant à La Vallée, domestique de Valère, il n'apparaît
que dans la scène 7. *Le Médecin volant* comporte sept
personnages mais, là encore, certains n'ont qu'un
rôle très restreint : Lucile n'apparaît que dans deux
scènes, l'avocat dans trois, et Gros-René dans deux. Au
contraire, *L'Amour médecin* est une comédie de plus
grande ampleur, avec ses trois actes et ses personnages
plus nombreux, une quinzaine, dont neuf ont un rôle
important.

2. *Les procédés comiques*

Molière évolue d'un comique trivial vers un comique plus subtil, qu'il s'agisse du comique de mots ou de gestes. Pour faire rire, les auteurs de farce n'hésitent pas à multiplier les allusions sexuelles ou scatologiques. Si les docteurs de Molière mettent en avant les fausses qualités de leur esprit, le corps parle tout autant que leur langue. Dans *La Jalousie du Barbouillé*, le docteur « [trousse] sa robe derrière son cul », comme l'indique une didascalie de la scène 2, et il semble faire un geste obscène que l'on devine dans le « je me soucierais aussi peu de ton argent et de toi que de cela ». Le docteur multiplie dans la pièce les allusions sexuelles, voilées par le vocabulaire grammatical : il reproche ainsi à Angélique de n'aimer que la conjonction (comprendre l'union avec les hommes), le genre masculin, et un accent latin fait d'une longue et de deux brèves (il s'agit du sexe masculin). Dans *Le Médecin volant*, une autre plaisanterie très grossière, et propre à faire rire un parterre de gens simples, consiste dans la dégustation par Sganarelle, déguisé en médecin, des urines de la fille de Gorgibus et de la répétition du mot pisse à huit reprises en quelques lignes, sous la forme pisse(nt), pisser, pisseuse ou pissative. Dans *L'Amour médecin*, le comique de mots et la représentation du corps ne sont pas absents mais ont évolué : le vocabulaire de la médecine, incompréhensible pour le commun des mortels, est une source d'amusement tout comme les allusions aux pratiques de la saignée et de la purgation.

La gestuelle, dont le rôle comique est essentiel dans la comédie, évolue là encore dans les trois pièces. Les gestes sont nombreux et ne sont pas toujours indiqués par des didascalies, comme Molière le rappelle en tête de *L'Amour médecin* :

> « [...] on sait bien que les comédies ne sont faites que pour être jouées ; et je ne conseille de lire celle-ci qu'aux personnes qui ont des yeux pour découvrir dans la lecture tout le jeu du théâtre [...] »

La Jalousie du Barbouillé comporte une importante didascalie à la fin de la scène 6 qui indique tout un jeu de scène, destiné à faire rire le public : tout le monde parle en même temps, le Barbouillé fait chuter à la fois le docteur et son raisonnement, qu'il poursuit néanmoins jusque dans les coulisses. Les jeux de scène permettent une utilisation d'un espace qui acquiert de plus en plus d'importance pour l'intrigue. Molière se sert ainsi de toutes les ressources que lui offre le décor. Dans *La Jalousie*, la scène est divisée en deux espaces : l'intérieur de la maison représenté par une fenêtre et une porte, et la rue. L'intrigue exploite la duplicité du décor puisque le Barbouillé, heureux d'avoir enfermé sa femme à l'extérieur, finit par être pris à son propre piège. Dans *Le Médecin volant*, ce jeu entre extérieur et intérieur prend l'ampleur d'une mécanique puisque Sganarelle qui s'est inventé un frère, Narcisse, pour éviter que Gorgibus ne découvre la supercherie, joue les deux personnages dans un ballet permanent entre l'intérieur et l'extérieur de la maison. Dans *L'Amour médecin*, le comique de gestes a disparu au profit d'un comique de caractère : la satire des médecins et de la bêtise de Gorgibus transforme le rire en sourire moqueur.

3. *La structure dramatique*

L'une des caractéristiques de la farce est l'efficacité, non seulement des effets comiques, comme nous venons de le voir, mais également de l'intrigue. Le monologue qui ouvre *La Jalousie* est très rapide et permet à l'acteur de donner en quelques lignes les éléments essentiels à l'intrigue, tout en s'accordant les grâces du spectateur dont il est très proche. D'ailleurs, dans la scène 12, le Barbouillé interpelle le spectateur du parterre :

> «Je me donne au diable, si j'ai sorti de la maison, et demandez plutôt à ces Messieurs qui sont là-bas dans le parterre ; c'est elle qui ne fait que de revenir.»

Dans *Le Médecin volant* s'amorce une légère modification. Sabine est chargée d'exposer la situation de manière également très rapide, puisque nous apprenons la feinte maladie de Lucile qui préfère épouser Valère plutôt que Villebrequin. Mais Molière ne se limite pas à exposer les faits, il amorce déjà l'intrigue sans tarder, en faisant naître l'idée du déguisement dans l'esprit ingénieux de Sabine. Le spectateur est transporté au cœur de l'action, lorsque le rideau s'ouvre, la discussion est déjà engagée, comme le montre la réplique de Valère :

> «Hé bien ! Sabine, quel conseil me donneras-tu ?»

Dans la première scène de *L'Amour médecin*, Molière prend son temps : les plaintes de Sganarelle concernant la maladie de sa fille sont amenées par celles concernant la mort de sa femme, et Molière fait intervenir des compères et la nièce auxquels Sganarelle demande de l'aide.

Dans *La Jalousie*, Molière met l'accent sur les scènes à rire et néglige leur enchaînement : il n'y a pas de logique entre la scène 2 et la scène 3 puisque le Barbouillé et le Docteur disparaissent pour laisser la place à Angélique, Valère et Cathau. De même, il n'y a aucun lien logique entre les scènes 7 et 8, 8 et 9, 9 et 10. Dans *Le Médecin volant*, Molière soigne beaucoup plus les enchaînements entre les scènes : dans la scène 1, Valère cherche Sganarelle qui arrive justement dès la scène 2. On remarquera le même soin dans les enchaînements entre 3 et 4, 4 et 5, 6 et 7, 7 et 8. Mais cette rigueur d'enchaînement n'est pas constante puisque, dans la scène 3, par exemple, nous passons d'une scène entre Valère et Sganarelle à une scène entre Gorgibus et son valet. Dans *L'Amour médecin*, au contraire, le lien entre les scènes est plus soigné. Chaque personnage est amené logiquement, à l'exception des scènes 3-4, 4-5 de l'acte I. La seule invraisemblance réside dans l'apparition de l'opérateur qui nous fait soudain passer de l'intérieur de la maison vers l'extérieur sans que nous ayons été préparés.

Les trois pièces de théâtre montrent une évolution des procédés comiques pour adapter la comédie à un nouveau public.

3.

La comédie, miroir de la société

1. *Un miroir de la réalité du XVIIe siècle*

Les personnages mis en scène sont des types sociaux répandus à l'époque de Molière. On y mêle ainsi des valets comme Gros-René ou Sganarelle, des petits-bourgeois comme Gorgibus, des paysans comme le Barbouillé, des gens appartenant à des professions que l'on nommerait aujourd'hui libérales : les médecins, mais aussi un avocat (*Le Médecin volant*, 6, 7, 8), un notaire (*L'Amour médecin*, III, 7), et enfin des commerçants, qu'il s'agisse de M. Guillaume, vendeur de tapisseries, de M. Josse, orfèvre, ou de l'opérateur.

Le langage utilisé est révélateur de l'appartenance sociale au même titre que les costumes. Le Barbouillé est un paysan, un « rustre », comme le désigne Angélique. Contrairement à sa femme et à son beau-père, il porte en guise de prénom une caractéristique physique : son métier de paysan lui donne sans doute un teint cuivré qui justifie le terme « Barbouillé ». Sa fréquentation des cabarets lui donne ce langage si familier. Il dit « J'enrage », et le docteur souligne le caractère bas et populaire du mot. Tout son vocabulaire imagé contraste avec celui plus choisi du docteur : « j'avais l'esprit en écharpe [...] ; je trouve un ramoneur de cheminée qui, au lieu de me parler, s'amuse à jouer à la mourre ». Le discours de Cathau est lui aussi marqué par son appartenance sociale : le mot « porte-guignon », qu'elle utilise pour qualifier le Barbouillé, montre qu'elle a conservé son parler provincial.

Bien souvent Molière emprunte ses noms à la réalité. Gorgibus était le nom d'un entrepreneur de transports voisin de Molière. Sans doute les sonorités du nom ont-elles séduit l'auteur au point qu'il en fasse un personnage de farce qui réapparaît dans *Le Médecin volant*, *Les Précieuses ridicules* et *Sganarelle*. De même, le nom de Villebrequin est inspiré du nom d'un acteur de Molière, Edme Villequin. Molière l'a transformé en nom de farce, d'autant plus que le nom renvoie à l'homonyme *vilebrequin* qui désigne une manivelle coudée à laquelle on ajoute une mèche et qui sert à percer des trous. On retrouve le personnage de Villebrequin dans *Le Médecin volant* où il représente le futur époux que Gorgibus veut donner à sa fille Lucile. Tous les médecins cités dans *L'Amour médecin* sont des médecins de la Cour. Lors de la représentation, Molière avait fait faire des masques qui reproduisaient leur physionomie. Il a modifié les noms, mais on les reconnaît parce qu'il leur a donné des noms d'origine grecque qui évoquent leur principal défaut. Bahys, par exemple, qui signifie en grec «japper, aboyer», renvoie à un médecin nommé Esprit qui bredouillait, Macroton qui signifie «parler lentement» désigne Guénaut qui avait ce défaut de prononciation. Il en est de même pour les autres personnages de médecins.

Enfin, le théâtre rappelle son ancrage dans la réalité par la présence de références à des lieux réels qui placent ainsi l'intrigue dans un univers connu des spectateurs. Dans *La Jalousie du Barbouillé*, le héros cite Villejuif et Aubervilliers, deux localités proches de Paris (scène 2) : «Qu'il vienne de Villejuif ou d'Aubervilliers, je ne m'en soucie guère.» Dans *L'Amour médecin* (II, 3), M. Tomès évoque tous les lieux parisiens qu'il a parcourus ce jour-là : l'Arsenal, le faubourg Saint-Germain, le Marais, la porte Saint-Honoré, le faubourg Saint-Jacques, la place Royale. Sganarelle fait aussi allusion à l'une des grandes foires parisiennes, la foire Saint-Laurent (*L'Amour médecin*, I, 2).

2. *Une satire sociale*

Les trois pièces réunies ici ont comme autre point commun d'utiliser la médecine pour en faire une satire. Si *La Jalousie* met en scène un vrai médecin, *Le Médecin volant* met en scène un faux médecin qui annonce *Le Médecin malgré lui*, tandis que *L'Amour médecin* mêle les deux procédés, puisque défilent de vrais médecins et Clitandre qui se déguise. Quelles sont les critiques adressées à la médecine et à ses représentants?

La critique peut être faite par des personnages lucides, en quelque sorte des porte-parole de l'auteur.

Dans *Le Médecin volant*, Sganarelle, qui n'est qu'un valet, se sent capable de jouer le rôle d'un médecin qui, selon lui, ne sert qu'à faire mourir les gens (scène 2) :

> « […] je vous réponds que je ferai aussi bien mourir une personne qu'aucun médecin qui soit dans la ville. On dit un proverbe d'ordinaire : *Après la mort le médecin* […] »

Dans *L'Amour médecin*, ce rôle est dévolu à la rusée Lisette qui reprend les mêmes critiques (II, 1) : les médecins ne savent que tuer et dire des évidences. Mais la meilleure critique de la médecine qui puisse être faite est celle qui est donnée par la représentation des médecins eux-mêmes.

Leur premier défaut est leur attachement excessif à l'argent. Le médecin de *La Jalousie du Barbouillé* est outré que le Barbouillé lui propose de l'argent mais Sganarelle accepte la somme que lui tend Gorgibus dans *Le Médecin volant*, tout en se défendant de l'accepter. Dans *L'Amour médecin* (II, 2), les médecins reçoivent la somme d'argent que leur offre Gorgibus. Dans le discours de M. Filerin apparaît l'idée qu'il a gagné beaucoup d'argent en faisant semblant de soigner des malades.

La seconde critique adressée aux médecins est leur pédantisme. Dans l'idéal classique de l'honnête homme, l'une des règles à respecter est de ne pas faire exhibition de son savoir. Or, dans *La Jalousie du Barbouillé*, le médecin est loin d'être cet honnête homme. Il ne cesse de ponctuer ses phrases de citations latines qu'il traduit, et qui sont donc inutiles :

> « *Virtutem primam esse puta compescere linguam.* Oui, la plus belle qualité d'un honnête homme, c'est de parler peu. »

Il voudrait parvenir à un idéal de brièveté mais est incapable de mettre en accord la théorie et la pratique puisque, dans la scène 6, il interrompt chacun des intervenants pour leur dire d'abréger ce qu'ils n'ont pas encore commencé de dire et il monopolise la parole. Ne se limitant pas à étaler ses connaissances, il est même capable d'en inventer. Il prétend ainsi que le mot « bonnet » vient du latin *bonum est* : « […] "bon est, voilà qui est bon", parce qu'il garantit des catarrhes et fluxions ». À tout propos, il pose des questions pour avoir le plaisir d'exhiber sa science, au sujet du terme de « galant homme » (scène 2), ou d'« accord » (scène 13). Il finit même par s'assimiler au philosophe Aristote, en se présentant comme pacificateur du couple Angélique/le Barbouillé : « Çà, çà, voyons un peu s'il n'y a pas moyen de vous mettre d'accord, que je sois votre pacificateur, que j'apporte l'union chez vous », et Aristote « prouve que toutes les parties de l'univers ne subsistent que par l'accord qui est entre elles […] ». Dans *Le Médecin volant*, le rôle du pédant ridicule est dévolu à l'avocat qui ne cesse de parler latin, comme les médecins. Dans *L'Amour médecin*, M. Tomès ne se réfère pas à l'expérience mais à la science des livres et ne comprend pas que le cocher soit mort en six jours alors que les livres d'Hippocrate prévoyaient la mort au quatorzième ou au vingt et unième jour. Les médecins veulent suivre les préceptes quoi qu'il en coûte aux malades (II, 3) :

> « Un homme mort n'est qu'un homme mort, et ne fait point de conséquence ; mais une formalité négligée porte un notable préjudice à tout le corps des médecins. »

3. *Une satire de l'âme humaine*

Cependant, les moqueries de Molière ne se limitent pas à la description des tares d'une profession. Ce sont les vices de l'âme humaine que le comique châtie. Les personnages sont souvent mus par leurs propres intérêts et l'égoïsme semble être une règle de conduite universelle. Dans *Le Médecin volant*, le vieux Gorgibus est un avare qui veut sacrifier sa fille en lui faisant épouser Villebrequin qui a plus de bien que Valère. Dans *L'Amour médecin*, Sganarelle ne souhaite pas entendre parler de mariage et veut garder pour lui, et son bien et sa fille. L'intérêt pour l'héritage de Sganarelle invite sa nièce Lucrèce à lui conseiller de mettre Lucinde au couvent, et les personnages présents, M. Josse ou M. Guillaume, donnent des conseils qui peuvent intéresser leur petit commerce. Molière fustige également la vanité humaine. Dans *La Jalousie du Barbouillé*, le médecin veut qu'on le salue comme « *Doctor Doctorum eruditissime* […] le premier de tous les docteurs, le docte des doctes […] ». Il montre qu'il est la perfection même, qu'il possède les quatre parties de la philosophie, qu'il connaît parfaitement les universelles, qu'il travaille pour sa gloire, avec justice et prudence, qu'il est chéri des Neuf Muses. Si les médecins sont pédants, la faute en revient aux patients qui sont eux aussi, par leur naïveté, la cible de Molière qui se moque de la bêtise humaine. Dans *Le Médecin volant*, Valère suggère à Sganarelle de parler d'Hippocrate et de Galien, deux médecins de l'Antiquité, pour gagner la confiance du vieux Gorgibus.

Philippe BEAUSSANT, *Les Plaisirs de Versailles, théâtre et musique*, Paris, Fayard, 2000.

Philippe BEAUSSANT, *Lully ou le musicien du soleil*, Paris, Gallimard, Théâtre des Champs-Élysées, 1992.

Mikhaïl BOULGAKOV, *Le Roman de Monsieur de Molière*, Gallimard, Folio.

Gérard CORBIAU, *Le Roi danse*, scénario, adaptation et dialogues d'Andrée Corbiau, Gérard Corbiau et Ève de Castro, Paris, Gallimard, 2000.

Patrick DANDREY, *La Médecine et la Maladie dans le théâtre de Molière*, Klincksieck, 1998.

Farces du grand Siècle de Tabarin à Molière, farces et petites comédies du XVIIe siècle, introduction, notices et notes par Charles Mazouer, Paris, Livre de Poche, 1992.

Les Farces — Moyen Âge et Renaissance, Imprimerie nationale éditions, 2 tomes, Paris, 1997.

Dario FO, Le Médecin malgré lui *et* Le Médecin volant *de Molière*, illustrations de Dario Fo, tirées de ses carnets de mise en scène, Paris, Imprimerie nationale, 1991.

Victor FOURNEL, *La Comédie*, Slatkine Reprints, Genève, 1968.

Pierre LARTHOMAS, *Le Langage dramatique*, Paris, PUF, 2001.

Georges MONGREDIEN, *La Vie quotidienne des comédiens au temps de Molière*, Hachette, 1966.

Ariane MNOUCHKINE, *Molière*, scénario et réalisation d'Ariane Mnouchkine avec Philippe Caubère, Jean Dasté, Joséphine Derenne…, Boulogne, TF1 entreprises, 1995. Deux cassettes vidéo (4 h 05 min), coul. SECAM.

Patrice PAVIS, *Dictionnaire du théâtre*, Dunod, 1996.

Jacques SCHERER, *La Dramaturgie classique en France*, Paris, Nizet, 1986.

Articles « Farce » et « Comédie », *Encyclopaedia Universalis*.

Groupement de textes thématique

Médecine et littérature

1.

Médecin par accident

Le fabliau *Le Vilain Mire*, qui a inspiré une autre pièce de Molière, *Le Médecin malgré lui*, met en scène un paysan qui bat sa femme. Un jour, elle reçoit la visite de deux messagers qui cherchent un médecin pour soigner la fille du roi qui a avalé une arête. Pour se venger de son époux, elle leur dit qu'il est médecin mais qu'il faut le battre pour le lui faire avouer. Quel remède ce faux médecin trouve-t-il donc pour soigner la jeune fille ? Le remède le plus simple du monde : le rire et donc le théâtre qui est capable de soigner. N'est-ce pas la morale de *L'Amour médecin* ? De manière indirecte, ce fabliau fait une critique des médecins : on peut soigner sans avoir étudié en se contentant de suivre la nature, l'amour ou bien le rire, sans user forcément d'artifices médicaux.

Anonyme

Fabliaux
« Le Vilain Mire »

(éd. Gilbert Rouger, Folio classique nº 3222)

La pucelle était dans la salle, toute pâle, mine défaite. Et le vilain cherche en sa tête comment il pourra la guérir, car il sait qu'il doit réussir : sinon il lui faudra mourir. Il se dit que s'il la fait rire par ses propos ou ses grimaces, l'arête aussitôt sortira puisqu'elle est plantée dans sa gorge. Il prie le roi : « Faites un feu dans cette chambre et qu'on me laisse ; vous verrez quels sont mes talents. Si Dieu veut, je la guérirai. » On allume alors un grand feu, car le roi en a donné l'ordre. Les écuyers, les valets sortent. La fille s'assoit devant l'âtre. Quant au vilain, il se met nu, ayant ôté jusqu'à ses braies, et vient s'allonger près du feu. Alors il se gratte, il s'étrille ; ses ongles sont longs, son cuir dur. Il n'est homme jusqu'à Saumur qui soit meilleur gratteur que lui. Le voyant ainsi, la pucelle, malgré le mal dont elle souffre, veut rire et fait un tel effort que l'arête sort de sa bouche et tombe dans la cheminée. Il se rhabille, prend l'arête, sort de la chambre triomphant. Dès qu'il voit le roi, il lui crie : « Sire, votre fille est guérie ! Voici l'arête, Dieu merci. » Le roi en a très grande joie et dit au vilain : « Sachez bien que je vous aime plus que tout ; vous aurez vêtements et robes. — Merci, sire, je n'en veux pas ; je ne puis rester près de vous. Je dois regagner mon logis. — Il n'en sera rien, dit le roi. Tu seras mon ami, mon maître. — Merci, sire, par Saint-Germain ! Il n'y a pas de pain chez moi ; quand je partis, hier matin, on devait aller au moulin. » Le roi fait signe à deux valets : « Battez-le moi, il restera. » Quand le malheureux sent les coups pleuvoir sur son dos et ses membres, il se met à leur crier grâce : « Je resterai, mais laissez-moi. »

2.

Un médecin éconduit

Dans la pièce *Le Docteur amoureux*, simplement attribuée à Molière et qui serait antérieure à nos œuvres, l'auteur met en scène un médecin dénommé Pancrace, amoureux d'une servante du nom de Lisette. On y retrouve la satire du pédantisme du médecin. Tandis que Lisette ne pense qu'à son ménage et à ses tâches matérielles, il répond en style noble. Le comique naît de l'opposition entre les mots prononcés par Lisette qui font référence à une réalité basse (la maison) et les mots prononcés par le docteur qui font référence à des abstractions.

MOLIÈRE (1622-1673)

Le Docteur amoureux

(présentée par A. J. Guibert, Droz,
coll. Textes littéraires modernes)

LISETTE

Adieu Docteur.

PANCRACE

Écoute ma raison :
Un mot.

LISETTE

Il faut aller balayer la maison.

PANCRACE

Hélas je voudrais bien que ton âme abstersive,
Chassât loin de mon cœur une douleur trop vive,

Et qu'en balayant des tristesses d'amour,
Tu le fisses passer de la lumière au jour.

LISETTE

Bon, mais il faut aller faire mettre sur table.

PANCRACE

Hélas, fais bien plutôt repaître un misérable !
Et de mille douceurs lui faisant un festin,
Fais le vivre d'amour, et change son destin.

LISETTE

Il faut que j'aille enfin…

PANCRACE

Quoi, poignarder Pancrace ?

LISETTE

Faire allumer du feu dans la salle.

PANCRACE

Ah de grâce,
Ma chère Dulcinée attends encore un peu,
Et loin de t'en aller faire allumer du feu ;
Apaise dans mon cœur la dévorante flamme,
Qui met mon corps en cendre, et consomme mon âme ?

3.

La meilleure médecine, c'est la sagesse

Au XVIIIe siècle, la critique de la médecine prend un autre aspect avec Voltaire qui met en scène un homme intelligent, Zadig, confronté à la bêtise et à l'injustice du monde. Dans ce chapitre, on le voit rencontrer des femmes qui cherchent dans une prairie un basilic, sorte de lézard très rare, pour soigner leur maître Ogul,

un homme d'un embonpoint excessif. Zadig se montre
habile médecin, alors qu'il ne l'est pas du tout. Com-
prenant que la maladie d'Ogul vient de son absence
d'exercice, il fabrique une sorte de ballon et lui fait
croire que le remède enfermé à l'intérieur n'agit que
s'il lui renvoie la balle. Comme le montre Voltaire dans
ce conte philosophique, le malheur des hommes vient
de leurs superstitions, de leurs croyances et de leur imagination. Le plus coupable est peut-être moins le médecin que le patient qui se croit malade et fait appel à une
aide extérieure alors que le remède est en lui.

VOLTAIRE (1694-1778)

Zadig (1747)

(La bibliothèque Gallimard n° 8)

Arrivé dans une belle prairie, il y vit plusieurs femmes
qui cherchaient quelque chose avec beaucoup d'appli-
cation. Il prit la liberté de s'approcher de l'une d'elles
et de lui demander s'il pouvait avoir l'honneur de les
aider dans leurs recherches. « Gardez-vous-en bien,
répondit la Syrienne ; ce que nous cherchons ne peut
être touché que par des femmes. — Voilà qui est bien
étrange, dit Zadig ; oserai-je vous prier de m'apprendre ce que c'est qu'il n'est permis qu'aux femmes
de toucher ? — C'est un basilic, dit-elle. — Un basilic,
madame ? et pour quelle raison, s'il vous plaît, cher-
chez-vous un basilic ? — C'est pour notre seigneur et
maître Ogul, dont vous voyez le château sur le bord de
cette rivière, au bout de la prairie. Nous sommes ses
très humbles esclaves ; le seigneur Ogul est malade ;
son médecin lui a ordonné de manger un basilic cuit
dans l'eau rose ; et comme c'est un animal fort rare, et
qui ne se laisse jamais prendre que par des femmes, le

seigneur Ogul a promis de choisir pour sa femme bien-aimée celle de nous qui lui apporterait un basilic : laissez-moi chercher, s'il vous plaît, car vous voyez ce qu'il m'en coûterait si j'étais prévenue par mes compagnes. »

[...] Les femmes rentrèrent chez Ogul sans avoir rien trouvé. Zadig se fit présenter à lui, et lui parla en ces termes : « Que la santé immortelle descende du ciel pour avoir soin de tous vos jours ! Je suis médecin ; j'ai accouru vers vous sur le bruit de votre maladie, et je vous ai apporté un basilic cuit dans de l'eau rose. [...] Seigneur, on ne mange point mon basilic, toute sa vertu doit entrer chez vous par les pores. Je l'ai mis dans un petit outre bien enflé et couvert d'une peau fine : il faut que vous poussiez cet outre de toute votre force, et que je vous le renvoie à plusieurs reprises ; et en peu de jours de régime vous verrez ce que peut mon art. » Ogul, dès le premier jour, fut tout essoufflé, et crut qu'il mourrait de fatigue. Le second, il fut moins fatigué, et dormit mieux. En huit jours il recouvra toute la force, la santé, la légèreté et la gaieté de ses plus brillantes années. « Vous avez joué au ballon, et vous avez été sobre, lui dit Zadig : apprenez qu'il n'y a point de basilic dans la nature, qu'on se porte toujours bien avec de la sobriété et de l'exercice, et que l'art de faire subsister ensemble l'intempérance et la santé est un art aussi chimérique que la pierre philosophale, l'astrologie judiciaire et la théologie des mages. »

(Chapitre 16, « Le basilic »)

4.

Une maman médecin

Le théâtre de Feydeau est, à la manière de celui de Molière, une satire de son époque (la fin du XIXe siècle), règne des bourgeois ridicules. M. Follavoine, riche fabricant de pots de chambre, s'apprête à signer un contrat avec M. Chouilloux pour vendre une quantité importante de sa production à l'armée. C'est à ce moment-là que survient l'épouse de M. Follavoine, Julie, qui se fait du souci parce que leur fils Toto, surnommé Bébé, est constipé. À la manière des médecins de Molière, elle préconise la purge. Les éléments habituels de la farce sont présents dans cette comédie : personnages aux noms risibles, allusion à des basses réalités corporelles, tendance des personnages à l'hypocondrie.

Georges FEYDEAU (1862-1921)

On purge Bébé ! (1910)

(Librairie théâtrale)

JULIE : Ah ! bien, si tu crois que je vais m'occuper de ma toilette dans des moments pareils !

CHOUILLOUX, *voulant paraître s'intéresser* : Vous avez un enfant souffrant, madame ?

JULIE, *sur un ton douloureux* : Oui, monsieur, oui !

FOLLAVOINE, *haussant les épaules* : Mais il n'a rien, monsieur Chouilloux ! il n'a rien !

JULIE, *comme un argument sans réplique* : Enfin il n'a pas été ce matin.

CHOUILLOUX : Ah ? Ah ?

FOLLAVOINE : Eh ! bien, oui ! il a un peu de paresse d'intestin.

JULIE : Il appelle ça rien, lui ! il appelle ça rien ! On voit bien qu'il ne s'agit pas de lui !

FOLLAVOINE : Enfin, quoi ? c'est l'affaire d'une purgation !

[...]

CHOUILLOUX : [...] Est-ce que l'enfant est sujet — pardonnez-moi le mot — à la constipation ?

JULIE : Il a plutôt une tendance, oui.

CHOUILLOUX : Oui ? Eh ! bien… il faut surveiller ça ! parce qu'un beau jour, ça dégénère en entérite, et c'est le diable pour s'en défaire.

JULIE, *à Follavoine* : Là ! Là ! Tu vois ?

CHOUILLOUX : Je peux vous en parler savamment : j'en ai eu une qui m'a duré cinq ans ! […] Souvent, j'avais soif… je buvais de l'eau […] j'ai dû aller trois ans de suite à Plombières !

JULIE, *sautant là-dessus* : Ah ! Alors, pour Bébé, vous croyez que Plombières… ?

CHOUILLOUX : Ah ! Non ! … non, lui, il aurait plutôt l'entérite à forme constipée : Châtel-Guyon conviendrait mieux. Moi, j'avais en quelque sorte l'entérite… Mais si on s'asseyait ?

FOLLAVOINE, *tandis que Chouilloux et Julie s'asseyent sur le canapé* : C'est ça, monsieur Chouilloux ! tout ça est si intéressant !

[…]

CHOUILLOUX : … J'avais plutôt, dis-je, l'entérite — pardonnez-moi cette confidence ! — l'entérite relâchée.

5.

Les escroqueries du médecin ou les faiblesses du patient

Parmi tous les médecins que la littérature a mis en scène, nul plus que le docteur Knock ne ressemble aux médecins de Molière. Il s'installe dans un petit village nommé Saint-Maurice en remplacement du docteur Parpalaid qui lui a revendu son cabinet. Pour attirer la clientèle, il décide de faire des consultations gratuites et reçoit à cette occasion la visite d'une future patiente : la dame en noir. Jules Romains fait ici non seulement une satire de la médecine (utilisation d'un vocabulaire médical incompréhensible pour le commun des mortels, énoncé d'évidences tendant à prouver l'existence d'une maladie, âpreté au gain) mais aussi une satire des patients : la dame en noir est naïve, avare, et vaut bien Gorgibus !

Jules ROMAINS (1885-1972)

Knock ou Le Triomphe de la médecine (1923)

(La bibliothèque Gallimard n° 5)

KNOCK, LA DAME EN NOIR

> *Elle a quarante-cinq ans et respire l'avarice paysanne et la constipation.*

KNOCK : Ah ! voici les consultants. *(À la cantonade.)* Une douzaine, déjà ? Prévenez les nouveaux arrivants qu'après onze heures et demie je ne puis plus recevoir personne, au moins en consultation gratuite. C'est vous qui êtes la première, madame ? *(Il fait entrer la dame en noir et referme la porte.)* Vous êtes bien du canton ?

LA DAME EN NOIR : Je suis de la commune.

KNOCK : De Saint-Maurice même ?

LA DAME : J'habite la grande ferme qui est sur la route de Luchère.

KNOCK : Elle vous appartient ?

LA DAME : Oui, à mon mari et à moi.

KNOCK : Si vous l'exploitez vous-même, vous devez avoir beaucoup de travail ?

LA DAME : Pensez, monsieur ! dix-huit vaches, deux bœufs, deux taureaux, la jument et la poulain, six chèvres, une bonne douzaine de cochons, sans compter la basse-cour.

KNOCK : Diable ! Vous n'avez pas de domestiques ?

LA DAME : Dame si. Trois valets, une servante, et les journaliers dans la belle saison.

KNOCK : Je vous plains. Il ne doit guère vous rester de temps pour vous soigner ?

LA DAME : Oh ! non.

KNOCK : Et pourtant vous souffrez.

LA DAME : Ce n'est pas le mot. J'ai plutôt de la fatigue.

KNOCK : Oui, vous appelez ça de la fatigue. *(Il s'approche d'elle.)* Tirez la langue. Vous ne devez pas avoir beaucoup d'appétit.

LA DAME : Non.

KNOCK : Vous êtes constipée.

LA DAME : Oui, assez.

KNOCK, *il l'ausculte* : Baissez la tête. Respirez. Toussez. Vous n'êtes jamais tombée d'une échelle, étant petite ?

LA DAME : Je ne me souviens pas.

KNOCK, *il lui palpe et lui percute le dos, lui presse brusquement les reins* : Vous n'avez jamais mal ici le soir en vous couchant ? Une espèce de courbature ?

LA DAME : Oui, des fois.

KNOCK, *il continue de l'ausculter* : Essayez de vous rappeler. Ça devait être une grande échelle.

LA DAME : Ça se peut bien.

KNOCK, *très affirmatif* : C'était une échelle d'environ trois mètres cinquante, posée contre un mur. Vous êtes tombée à la renverse. C'est la fesse gauche, heureusement qui a porté.

LA DAME : Ah ! oui !

KNOCK : Vous aviez déjà consulté le docteur Parpalaid ?

LA DAME : Non, jamais.

KNOCK : Pourquoi ?

LA DAME : Il ne donnait pas de consultations gratuites.

Un silence.

KNOCK, *la fait asseoir* : Vous vous rendez compte de votre état ?

LA DAME : Non.

KNOCK, *il s'assied en face d'elle* : Tant mieux. Vous avez envie de guérir, ou vous n'avez pas envie ?

LA DAME : J'ai envie.

KNOCK : J'aime mieux vous prévenir tout de suite que ce sera long et très coûteux.

LA DAME : Ah ! mon Dieu ! Et pourquoi ça ?

KNOCK : Parce qu'on ne guérit pas en cinq minutes un mal qu'on traîne depuis quarante ans.

LA DAME : Depuis quarante ans ?

KNOCK : Oui, depuis que vous êtes tombée de votre échelle.

LA DAME : Et combien est-ce que ça me coûterait ?

KNOCK : Qu'est-ce que valent les veaux, actuellement ?

LA DAME : Ça dépend des marchés et de la grosseur. Mais on ne peut guère en avoir de propres à moins de quatre ou cinq cents francs.

KNOCK : Et les cochons gras ?

LA DAME : Il y en a qui font plus de mille.

KNOCK : Eh bien ! ça vous coûtera à peu près deux cochons et deux veaux.

LA DAME : Ah ! là là ! Près de trois mille francs ? C'est une désolation, Jésus Marie !

KNOCK : Si vous aimez mieux faire un pèlerinage, je ne vous en empêche pas.

LA DAME : Oh ! un pèlerinage, ça revient cher aussi et ça ne réussit pas souvent. (*Un silence.*) Mais qu'est-ce que je peux donc avoir de si terrible que ça ?

KNOCK, *avec une grande courtoisie* : Je vais vous l'expliquer en une minute au tableau noir. (*Il va au tableau et commence un croquis.*) Voici votre moelle épinière, en coupe, très schématiquement, n'est-ce pas ? Vous reconnaissez ici votre faisceau de Türck et ici votre colonne de Clarke. Vous me suivez ? Eh bien ! quand vous êtes tombée de l'échelle, votre Türck et votre Clarke ont glissé en sens inverse (*il trace des flèches de direction*) de quelques dixièmes de millimètre. Vous me direz que c'est très peu. Évidemment. Mais c'est très mal placé. Et puis vous avez ici un tiraillement continu qui s'exerce sur les multipolaires.

Il s'essuie les doigts.

(Acte II, scène 4)

6.

Un médecin absurde

Le théâtre de Jean Tardieu se sert de la médecine dans une situation totalement absurde. Dans *La Mort et le Médecin*, un monsieur part le matin pour le bureau. Il prend le métro mais il n'y a plus de métro à cause de la pluie et pourtant il y a du soleil. Il tombe amoureux de la dame du guichet qui doit venir dîner le soir même à la maison. Lorsqu'il revient du travail, il tombe malade et le médecin arrive. Dès ce moment, la situation rappelle une situation réelle mais les éléments utilisés n'ont aucun lien logique et la scène devient grotesque : les remèdes sont farfelus, le patient est malade par habitude et certaines phrases n'ont pas de sens. Tardieu fait ici une satire de la société contemporaine dont le personnage le plus représentatif n'est plus le bourgeois mais l'employé de bureau perdu dans ses habitudes.

Jean TARDIEU (1903-1995)

La Mort et le Médecin
dans *La Comédie de la comédie*

(Folio n° 2149)

III. À la maison. Le soir.
Monsieur est assis dans un fauteuil à roulettes, couvert de couvertures, les pieds sur une chaise, l'air très malade. Madame lui tend un verre.
MADAME : Mon pauvre mari ! Je te l'avais bien dit ce matin que tu serais malade. Tiens, prends ce remède.

MONSIEUR : Il est très bon ce remède. C'est toi qui l'as fait ?

MADAME : Oui, avec du vin, un peu de beurre, de la salade cuite, et aussi du sable naturellement.

MONSIEUR : C'est tout à fait ce qu'il me fallait.

MADAME : Maintenant, dors ! Je m'en vais cinq minutes.

> *Monsieur fait semblant de ronfler, puis rejette ses couvertures, se lève, va à sa table et fait semblant d'écrire.* [...]

MADAME : Tiens, le Docteur ! Recouche-toi vite !

MONSIEUR : C'est vrai, je suis si malade !

> *Il s'assied et se recouvre d'une couverture.*

MADAME, *à la cantonade :* Bonjour, docteur.

[...]

LE DOCTEUR : Alors, monsieur, qu'est-ce qu'il y a ?

MONSIEUR : Je suis malade, docteur. J'ai pris froid au bureau.

LE DOCTEUR : Ah ! ah ! c'est très dangereux, le bureau. Voyons, voyons, vous avez de la température ? [...] Faites voir votre main... Tiens elle est bien sale. Vous vous lavez souvent ?

MONSIEUR : Pas souvent, docteur. Il n'y a plus de savon.

LE DOCTEUR : C'est juste. C'est juste. Et votre langue ?

> *Monsieur tire la langue.*

LE DOCTEUR : Un peu noire, je parie que vous avez mangé de la réglisse au bureau.

MONSIEUR : Oui, docteur, j'achète de la réglisse au bureau.

LE DOCTEUR : Ah ! ah ! décidément très dangereux, très dangereux ce bureau ! Comment vont vos pieds ?

MONSIEUR, *montrant ses pieds sous la couverture :* Ils vont bien. Merci.

LE DOCTEUR : Tiens ! Ils sont aussi sales que vos mains !

MONSIEUR : C'est à cause des chaussures.

LE DOCTEUR : Oui, mais c'est mauvais. Ça doit être la rougeole. Vous souffrez d'un symptôme !

MADAME : Qu'est ce que c'est que ça, un symptôme ?

LE DOCTEUR : C'est une grave maladie, une maladie grave. On en meurt.

MADAME : Mon Dieu, docteur ! Est-ce possible ?

[...]

LE DOCTEUR : Bon ! Alors je vais vous faire une ordonnance. Avez-vous du papier ?

MADAME, *apportant une plume et du papier :* Tenez, docteur.

LE DOCTEUR, *s'installant à la table et écrivant :* Voici le régime : « Un bouillon de légumes toutes les deux heures, une promenade en chevaux de bois le matin à jeun, trois fois par jour un cataplasme composé de charbon de plâtre et de fromage de gruyère. Éviter le bureau. Rester allongé ou debout, selon les cas. Se laver les mains et les pieds avant chaque repas. » Voilà, c'est tout.

MONSIEUR : Merci, docteur. Je vous dois combien ?

LE DOCTEUR : Cent mille francs !

MONSIEUR : Bien ! Les voici. *(Il lui donne un bout de papier.)*

LE DOCTEUR : Merci et au revoir. Je reviens dans une heure voir si ça va mieux.

Groupement de textes stylistique

Le comique de mots

LA PAROLE, au même titre que les gestes, constitue l'un des éléments essentiels du comique théâtral : un personnage qui parle trop, ou un personnage qui parle mal, devient vite l'objet de la moquerie des autres personnages et du spectateur. Le comique de mots est d'une très grande richesse et les effets sont multiples. Dans son théâtre, Molière se fonde à la fois sur les défauts de langue comme celui de ce M. Macroton qui allonge ses syllabes, sur les jeux de mots, sur les parodies de langue latine, sur l'utilisation abusive que les savants font du vocabulaire spécialisé. L'utilisation du comique verbal n'est pas nouvelle. Molière s'inspire des farces du Moyen Âge et les comédies des siècles suivants les reprendront avec intérêt, qu'il s'agisse d'accents provinciaux, d'injures, de défauts de prononciation, de façons de parler propres à une profession, de jeux de mots ou de parodie.

1.

Une volée d'injures

La farce du chaudronnier commence par une scène de ménage dans laquelle le mari et la femme s'injurient de manière abondante, scène habituelle de la farce que l'on retrouve dans *La Jalousie du Barbouillé*. Ici, les reproches concernent les défauts physiques du mari (il est gras et il ne sait pas chanter) ainsi que ses défauts moraux (paresseux, violent). Nous sommes dans un théâtre très réaliste et très cru où l'auteur n'hésite pas à se servir des injures les plus grossières parce que la pièce était destinée à un public très populaire, très sensible à ce genre d'humour. Après avoir fait rire les spectateurs par les coups donnés et les insultes, l'auteur les fait rire par un autre procédé : les deux personnages font le pari de se taire le plus longtemps possible et de ne plus se parler. Le comique naît alors du silence du couple qui reçoit la visite d'un chaudronnier qui va s'appliquer à faire parler les deux personnages devenus muets et à profiter de leur situation.

Anonyme

Farce nouvelle très bonne et fort joyeuse
à trois personnages d'un chaudronnier

(Éditions de l'Imprimerie Nationale,
« La Salamandre », édition bilingue et traduction
de B. Faivre, 1997)

L'HOMME (*en chantant*)

« Il était un homme
Qui charriait fagots. »

LA FEMME

Lui alors! C'est toi, par saint Côme,
Le plus con des plus cons?

L'HOMME

Ah, ma femme, à ce que je vois,
Tu veux me marcher sur la gueule!

LA FEMME

Eh, par mon âme, Jean du Bois,
Tu n'as ni meuble ni argent
Et tu veux chanter tout le temps!

L'HOMME

Mais ne vaut-il pas mieux chanter
Qu'engendrer la mélancolie?

LA FEMME

Ça serait plus satisfaisant
De rafistoler tes souliers
Que de raconter des bêtises.

L'HOMME

Eh! Te voilà bien renfrognée!

LA FEMME

Ça, c'est bien vrai, saint Beaucouillon!

L'HOMME

Truie!

LA FEMME

Gueulard!

L'HOMME

Emm…!

LA FEMME

… merdeur!

L'HOMME

Mange !

(*Au public.*)

Vous l'entendez, cette salope,
Comme elle a le style gracieux ?

LA FEMME

Vous l'entendez le triste oiseau,
Comme il entonne une chanson
Dont chaque note est un canard ?

L'HOMME

Ma foi, je crois qu'elle est envieuse
De m'entendre chanter si bien.

LA FEMME

Moi, envieuse
D'entendre cette bête enflée
Qui chante comme un âne brait !
Quand notre truie fait des pourceaux
Et qu'elle grogne dans l'étable,
Sa chanson est aussi valable
Que la tienne, ni plus ni moins.

L'HOMME (*avec un geste de menace*)

Ah ! Tu causes bien, mon Hannin !

LA FEMME (*elle aussi avec un geste de menace*)

Oui, je cause bien, Guillemin !

L'HOMME

Vas-y, frappe ! Tu te dégonfles ?

LA FEMME

Notre-Dame, du tout !

L'HOMME

Si j'empoigne un bâton,
Je te ferai parler plus bas.

(*Il va prendre un bâton.*)

LA FEMME

Toi, gros bébé,
Te craindre ? Tu n'as pas de couilles !
Chierie de merde ! Gras du bide !

L'HOMME

Moi, gras du bide ! Et toi, l'ordure,
On t'appelle Pue-de-la-gueule !

2.

Les bégaiements d'un juge

Dans *Le Mariage de Figaro*, le valet Figaro doit épouser la servante Suzanne mais son maître le comte
Almaviva cherche à séduire Suzanne et à repousser la
date du mariage. Pour cela, il fait intervenir une certaine Marceline, à qui Figaro avait emprunté de l'argent et qu'il avait promis d'épouser s'il ne parvenait pas
à restituer cette somme. Brid'oison, le juge, arrive donc
pour faire exécuter la promesse. Beaumarchais se
moque, comme Molière, du personnel de justice en
ridiculisant Brid'oison, soucieux des formes comme les
médecins de Molière et surtout bégayant. Marceline le
trouve stupide, Figaro est visiblement le père de son fils
cadet. Cette mauvaise maîtrise de la langue chez un
homme dont le métier est de parler le rend peu cré-
dible aux yeux des autres personnages et ne peut que
faire rire le spectateur.

BEAUMARCHAIS (1732-1799)

Le Mariage de Figaro (1784)

(La bibliothèque Gallimard n° 28)

SCÈNE 12
BARTHOLO, MARCELINE, BRID'OISON

MARCELINE, *à Brid'oison* : Monsieur, écoutez mon affaire.

BRID'OISON, *en robe et bégayant un peu* : Eh bien ! pa-arlons-en verbalement.

BARTHOLO : C'est une promesse de mariage.

MARCELINE : Accompagnée d'un prêt d'argent.

BRID'OISON : J'en-entends, *et caetera*, le reste.

MARCELINE : Non, monsieur, point d'*et caetera*.

BRID'OISON : J'en-entends : vous avez la somme ?

MARCELINE : Non, monsieur, c'est moi qui l'ai prêtée.

BRID'OISON : J'en-entends bien : vou-ous redemandez l'argent ?

MARCELINE : Non, monsieur ; je demande qu'il m'épouse.

BRID'OISON : Eh, mais, j'en-entends fort bien ; et lui, veu-eut-il vous épouser ?

MARCELINE : Non monsieur ; voilà tout le procès !

BRID'OISON : Croyez-vous que je ne l'en-entende pas, le procès ?

MARCELINE : Non, monsieur. *(À Bartholo.)* Où sommes-nous ? *(À Brid'oison.)* Quoi ! c'est vous qui nous jugerez ?

BRID'OISON : Est-ce que j'ai acheté ma charge pour autre chose ?

MARCELINE, *en soupirant* : C'est un grand abus que de les vendre !

BRID'OISON : Oui, l'on-on ferait mieux de nous les donner pour rien. Contre qui plai-aidez-vous ?

SCÈNE 13
BARTHOLO, MARCELINE, BRID'OISON.
FIGARO *rentre en se frottant les mains.*

MARCELINE, *montrant Figaro* : Monsieur, contre ce mal-honnête homme.

FIGARO, *très gaiement, à Marceline* : Je vous gêne, peut-être. — Monseigneur revient dans l'instant, monsieur le conseiller.

BRID'OISON : J'ai vu ce ga-arçon-là quelque part ?

FIGARO : Chez madame votre femme, à Séville, pour la servir, monsieur le conseiller.

BRID'OISON : Dan-ans quel temps ?

FIGARO : Un peu moins d'un an avant la naissance de monsieur votre fils, le cadet, qui est un bien joli enfant, je m'en vante.

BRID'OISON : Oui, c'est le plus jo-oli de tous. On dit que tu-u fais ici des tiennes ?

FIGARO : Monsieur est bien bon. Ce n'est là qu'une misère.

BRID'OISON : Une promesse de mariage ! A-ah ! le pauvre benêt !

FIGARO : Monsieur...

BRID'OISON : A-t-il vu mon secrétaire, ce bon garçon ?

FIGARO : N'est-ce pas Double-Main, le greffier ?

BRID'OISON : C'est qu'il mange à deux râteliers.

FIGARO : Manger ! je suis garant qu'il dévore. Oh ! que oui, je l'ai vu, pour l'extrait et pour le supplément d'extrait, comme cela se pratique au reste.

BRID'OISON : On-on doit remplir les formes.

FIGARO : Assurément, monsieur : si le fond des procès appartient aux plaideurs, on sait bien que la forme est le patrimoine des tribunaux.

BRID'OISON : Ce garçon-là n'è-est pas si niais que je l'avais cru d'abord. Eh bien, l'ami, puisque tu en sais tant, nou-ous aurons soin de ton affaire.

FIGARO : Monsieur, je m'en rapporte à votre équité, quoique vous soyez de notre justice.

BRID'OISON : Hein ?... Oui, je suis de la-a justice. Mais si tu dois et que tu-u ne payes pas ?...

FIGARO : Alors Monsieur voit bien que c'est comme si je ne devais pas.

BRID'OISON : San-ans doute. Hé mais! qu'est-ce donc qu'il dit?

(Acte III, scènes 12 et 13)

3.

Un couple diabolique

Nous avons vu que la scène de ménage est habituelle de la farce et de la comédie. Alfred Jarry reprend de manière parodique l'histoire de *Macbeth* de Shakespeare, pièce dans laquelle Macbeth et sa femme tuent le roi dans le but de s'approprier le pouvoir. Dans *Ubu roi*, les deux protagonistes sont issus des basses classes de la société comme le montre leur vocabulaire. Le langage est non seulement peu châtié mais il est de plus une parodie de langue ancienne.

Alfred JARRY (1873-1907)

Ubu Roi (1896)

(La bibliothèque Gallimard n° 60)

SCÈNE PREMIÈRE
PÈRE UBU, MÈRE UBU.

PÈRE UBU : Merdre.

MÈRE UBU : Oh! voilà du joli, Père Ubu, vous estes un fort grand voyou.

PÈRE UBU : Que ne vous assom'je, Mère Ubu!

MÈRE UBU : Ce n'est pas moi, Père Ubu, c'est un autre qu'il faudrait assassiner.

PÈRE UBU : De par ma chandelle verte, je ne comprends pas.

MÈRE UBU : Comment, Père Ubu, vous estes content de votre sort ?

PÈRE UBU : De par ma chandelle verte, merdre, madame, certes oui, je suis content. On le serait à moins : capitaine de dragons, officier de confiance du roi Venceslas, décoré de l'ordre de l'Aigle Rouge de Pologne et ancien roi d'Aragon, que voulez-vous de mieux ?

MÈRE UBU : Comment ! après avoir été roi d'Aragon vous vous contentez de mener aux revues une cinquantaine d'estafiers armés de coupe-choux, quand vous pourriez faire succéder sur votre fiole la couronne de Pologne à celle d'Aragon ?

PÈRE UBU : Ah ! Mère Ubu, je ne comprends rien de ce que tu dis.

MÈRE UBU : Tu es si bête !

PÈRE UBU : De par ma chandelle verte, le roi Venceslas est encore bien vivant ; et même en admettant qu'il meure, n'a-t-il pas des légions d'enfants ?

MÈRE UBU : Qui t'empêche de massacrer toute la famille et de te mettre à leur place ?

PÈRE UBU : Ah ! Mère Ubu, vous me faites injure et vous allez passer tout à l'heure par la casserole.

MÈRE UBU : Eh ! pauvre malheureux, si je passais par la casserole, qui te raccommoderait tes fonds de culotte ?

PÈRE UBU : Eh vraiment ! et puis après ? N'ai-je pas un cul comme les autres ?

MÈRE UBU : À ta place, ce cul, je voudrais l'installer sur un trône. Tu pourrais augmenter indéfiniment tes richesses, manger fort souvent de l'andouille et rouler carrosse par les rues.

PÈRE UBU : Si j'étais roi, je me ferais construire une grande capeline comme celle que j'avais en Aragon et que ces gredins d'Espagnols m'ont impudemment volée.

MÈRE UBU : Tu pourrais aussi te procurer un parapluie et un grand caban qui te tomberait sur les talons.

PÈRE UBU : Ah! je cède à la tentation. Bougre de merdre, merdre de bougre, si jamais je le rencontre au coin d'un bois, il passera un mauvais quart d'heure.

MÈRE UBU : Ah! bien, Père Ubu, te voilà devenu un véritable homme.

PÈRE UBU : Oh non! moi, capitaine de dragons, massacrer le roi de Pologne! plutôt mourir!

MÈRE UBU : Oh! merdre! (*Haut.*) Ainsi tu vas rester gueux comme un rat, Père Ubu.

PÈRE UBU : Ventrebleu, de par ma chandelle verte, j'aime mieux être gueux comme un maigre et brave rat que riche comme un méchant et gras chat.

MÈRE UBU : Et la capeline? et le parapluie? et le grand caban?

PÈRE UBU : Eh bien, après, Mère Ubu? (*Il s'en va en claquant la porte.*)

MÈRE UBU, *seule*: Vrout, merdre, il a été dur à la détente, mais vrout, merdre, je crois pourtant l'avoir ébranlé. Grâce à Dieu et à moi-même, peut-être dans huit jours serai-je reine de Pologne.

4.

Parler a-t-il du sens?

La communication entre les êtres est bien souvent un amas de banalités et le dialogue devient finalement un monologue puisqu'il n'y a plus d'échanges réels. C'est ce que montre le théâtre de Ionesco et en particulier *La Cantatrice chauve* qui met en scène deux couples, les Smith et les Martin dont les propos touchent à l'absurdité. Certaines phrases utilisées par les personnages sont des parodies de phrases pratiquées dans les manuels de conversation pour apprendre les langues vivantes ou des parodies de proverbes. D'autres sont des affirmations sans aucun sens. Ce n'est d'ailleurs plus le sens qui détermine le dialogue mais le son des mots : ils s'appellent les uns les autres dans une succession de paronymes (mots à l'orthographe quasi identique, mais à la signification différente).

Eugène IONESCO (1909-1994)

La Cantatrice chauve (1950)

(La bibliothèque Gallimard n° 11)

SCÈNE 11
LES MÊMES, SANS LE POMPIER

[...]

M. MARTIN : On ne fait pas briller ses lunettes avec du cirage noir.

MME SMITH : Oui, mais avec de l'argent on peut acheter tout ce qu'on veut.

M. MARTIN : J'aime mieux tuer un lapin que de chanter dans le jardin.

M. SMITH : Kakatoes, kakatoes, kakatoes, kakatoes, kakatoes, kakatoes, kakatoes, kakatoes, kakatoes, kakatoes.

MME SMITH : Quelle cacade, quelle cacade, quelle cacade, quelle cacade, quelle cacade, quelle cacade, quelle cacade, quelle cacade, quelle cacade.

M. MARTIN : Quelle cascade de cacade, quelle cascade de cacade, quelle cascade de cacade, quelle cascade de cacade, quelle cascade de cacade, quelle cascade de cacade, quelle cascade de cacade, quelle cascade de cacade.

M. SMITH : Les chiens ont des puces, les chiens ont des puces.

MME MARTIN : Cactus, coccyx ! cocus ! cocardard ! cochon !

MME SMITH : Encaqueur, tu nous encaques.

M. MARTIN : J'aime mieux pondre un œuf que voler un bœuf.

MME MARTIN, *ouvrant tout grand la bouche*: Ah ! oh ! ah ! oh ! laissez-moi grincer des dents.

M. SMITH : Caïman !

M. MARTIN : Allons gifler Ulysse.

M. SMITH : Je m'en vais habiter ma cagna dans mes cacaoyers.

MME MARTIN : Les cacaoyers des cacaoyères donnent pas des cacahuètes, donnent du cacao ! Les cacaoyers des cacaoyères donnent pas des cacahuètes, donnent du cacao ! Les cacaoyers des cacaoyères donnent pas des cacahuètes, donnent du cacao.

MME SMITH : Les souris ont des sourcils, les sourcils n'ont pas de souris.

MME MARTIN : Touche pas ma babouche !

M. MARTIN : Bouge pas la babouche !

M. SMITH : Touche la mouche, mouche pas la touche.

MME MARTIN : La mouche bouge.

MME SMITH : Mouche ta bouche.

M. MARTIN : Mouche le chasse-mouche, mouche le chasse-mouche.

M. SMITH : Escarmoucheur escarmouché !

MME MARTIN : Scaramouche !

MME SMITH : Sainte-Nitouche !

M. MARTIN : T'en as une couche !

M. SMITH : Tu m'embouches.

MME MARTIN : Sainte Nitouche touche pas ma cartouche.

[...]

5.

Oh ! Peuchère !

Marcel Pagnol a situé l'action de ses pièces en Provence et surtout à Marseille. Dans *Fanny*, il met en scène des petits commerçants du port, Fanny, fille de la poissonnière, amoureuse de Marius, fils de César,

le patron du petit bar qui se trouve sur le vieux port.
C'est l'occasion pour Pagnol de faire parler les personnages avec l'accent et les expressions du parler proven-
çal. Mais il ne s'agit pas de tomber dans la caricature,
comme ce Parisien qui voudrait se faire passer pour
un Marseillais en empruntant un accent dont l'excès
révèle la fausseté.

Marcel PAGNOL (1895-1974)

Fanny (1931)

(Éditions de Fallois)

SCÈNE 5
CÉSAR, FANNY, PANISSE

CÉSAR : C'est vrai que tu te sens mieux ?

FANNY : Mais oui, c'est vrai. Vous ne le croyez pas ?

CÉSAR : Oui, tu es peut-être mieux, mais tu n'es pas
encore bien brillante ! Ah non !… Ah non !

FANNY : Et vous, César, ça va bien ?

CÉSAR *(avec force)* : Ça va très bien. Ça va le mieux
du monde. J'ai dormi comme un prince. Comme un
prince !

PANISSE *(bas)* : Peuchère ! Il en a tout l'air !

> *À ce moment, un gros homme
> s'approche de l'inventaire de Fanny.
> Il est vêtu du costume classique de
> Marius : guêtres de cuir, casque colo-
> nial. Il est ventru et porte la barbe à
> deux pointes. Il parle avec un extra-
> ordinaire accent de Marseille.*

SCÈNE 6
CÉSAR, FANNY, LE GROS HOMME, PANISSE

LE GROS HOMME : Hé biengue, mademoiselle Fanylle, est-ce que votre mère n'est pas ici ?

FANNY : Non, monsieur. Elle vient de partir à la poissonnerie.

LE GROS HOMME : À la poisonnerille ? Ô bagasse tron de l'air ! Tron de l'air de bagasse ! Vous seriez bien aimable de lui dire qu'elle n'oublie pas ma bouillabaisse de chaque jour, ni mes coquillages, bagasse ! Moi, c'est mon régime : le matin, des coquillages. À midi, la bouillabaisse. Le soir, l'aïoli. N'oubliez pas, mademoiselle Fanylle !

FANNY : Je n'oublierai pas de le lui dire. Mais à qui faut-il l'envoyer ?

LE GROS HOMME : À moi-même : M. Mariusse, 6, rue Cannebière, chez M. Olive.

FANNY : Bon.

LE GROS HOMME : Et n'oubliez pas, ô bagasse ! Tron de l'air de mille bagasse ! Ô bagasse !

Il sort. Tous se regardent, ahuris.

SCÈNE 7
ESCARTEFIGUE, CÉSAR, FANNY, PANISSE, M. BRUN

ESCARTEFIGUE : Mais qu'est-ce que c'est que ce fada ?

CÉSAR : C'est un Parisien, peuchère. Je crois qu'il veut se présenter aux élections.

ESCARTEFIGUE : Mais pourquoi il dit ce mot extraordinaire : bagasse ?

FANNY : Il le répète tout le temps.

PANISSE : Tu sais ce que ça veut dire, toi ?

FANNY : Je ne sais pas, moi, je suis jamais allée à Paris. Nous aussi nous avons des mots qu'un Parisien ne comprendrait pas.

CÉSAR : Bagasse ? Pour moi, c'est le seul mot d'anglais qu'il connaisse, alors, il le dit tout le temps pour étonner le monde.

M. BRUN : Eh bien, c'est bizarre, mais je le croyais Marseillais.

CÉSAR : Marseillais ?

PANISSE : Oh ! dites, vous êtes pas fada ?

M. BRUN : Dans le monde entier, mon cher Panisse, tout le monde croit que les Marseillais ont le casque et la barbe à deux pointes, comme Tartarin, et qu'ils se nourrissent de bouillabaisse et d'aïoli, en disant « bagasse » toute la journée.

CÉSAR (*brusquement*) : Eh bien, monsieur Brun, à Marseille, on ne dit jamais bagasse, on ne porte pas la barbe à deux pointes, on ne mange pas très souvent d'aïoli et on laisse les casques pour les explorateurs — et on fait le tunnel du Rove, et on construit vingt kilomètres de quai, pour nourrir toute l'Europe avec la force de l'Afrique. Et en plus, monsieur Brun, en plus, on emmerde tout l'univers. L'univers tout entier, monsieur Brun. De haut en bas, de long en large, à pied, à cheval, en voiture, en bateau et vice versa. [...]

(Acte I, scènes 5, 6 et 7)

6.

Les zozotements de la machine

À la manière de Dieu, de Pygmalion ou du docteur Frankenstein, M. Klebs a créé un être qui se prénomme Rozalie. Mais la machine rencontre des problèmes techniques et son inventeur est dans l'obligation de la surveiller et de lui indiquer comment survivre. Après avoir prononcé quelques paroles hallucinées et après avoir parlé en zozotant comme un enfant, la machine va éclore de sa coque de métal pour devenir un véritable être vivant.

René de OBALDIA (né en 1918)

Monsieur Klebs et Rozalie (1975)

(Grasset)

SCÈNE 3

KLEBS, ROZALIE

ROZALIE : Il y avait une forêt. Une grande forêt. Et tous les arbres étaient rouges. Et, au milieu de la forêt, il y avait un nain. Un nain tout bleu.

KLEBS, *en aparté* : Ça, c'est le délire de Kraepelin : le syndrome paranoïde.

ROZALIE : Et le nain tout bleu cherchait des champignons magnétiques. Vous savez pourquoi, monsieur Klebs, le nain tout bleu cherchait des champignons magnétiques ?

KLEBS : Des champignons hallucinogènes ?

ROZALIE : Pour oublier qu'il était nain. Quand il les mangeait, la propriété de ces champignons était telle qu'il oubliait qu'il était concassé, tout à fait concassé ; le fruit d'un croisement d'une citrouille avec un pois cassé. Aïe !

KLEBS : Un électron Pi ?

ROZALIE : Qui sait ?... Tous les nains, monsieur Klebs, tous les nains devraient être encore dans les langes à cent ans, au creux de berceaux aériens, et balancés, balancés, balancés par la communauté des cigognes.

KLEBS : Rozalie, tu t'égares ! Fais appel à ton système de régulation. Je t'en prie Rozalie.

ROZALIE : Car ce sont les cigognes, monsieur Klebs, qui ont apporté les nains dans les choux-fleurs en papier de soie.

KLEBS, *très pâle* : Si tu veux, Rozalie, si ça te fait plaisir — mais respire : hic et nunc, hic et nunc.

ROZALIE : Zoui, mon zami, les zigognes zont apporté les nains dans des zoux-fleurs, des zoux-fleurs...

KLEBS, *horrifié* : Non, Rozalie, non !

ROZALIE : Zen papier de zoie.

KLEBS : Non, ne zozote pas, Rozalie ! Je t'interdis de zozoter !

Il tombe à genoux.

Je t'en supplie, Rozalie, pour l'amour de nos ions, de nos électrons...

ROZALIE : Zélectrons ! Ze prendrai bien un zus de zinzembre avec une rondelle de zélectron !

KLEBS : Rozalie, c'est abominable ! Tu es en train de tout foutre en l'air ; tu es en train d'avorter, hic et nunc ! Tu nous sabotes ! Voilà, tu nous sabotes !

ROZALIE : Zabote !

KLEBS, *se relevant, et allant (terrible) vers une maquette qu'il saisit* : Rozalie, si tu continues de zozoter, je n'hésite pas : je t'envoie, en plein tambour, la décharge A.K. 377. B. 52.

ROZALIE, *que la menace fait revenir à la raison, ainsi qu'une simple femme avec effroi* : Non, non, pas ça ! Pas ça, monsieur Klebs !

KLEBS, *au bord de l'épuisement* : Bon. Alors, répète avec moi : Citron.

ROZALIE : Citron.

KLEBS : Gingembre.

ROZALIE : Gingembre.

KLEBS : Papier de soie.

ROZALIE : Papier de soie.

KLEBS : Simplicius Simplissimus sonna une soubrette nommée Salicilate de Soude. Répète !

ROZALIE : Simplicius Simplissimus sonna une soubrette nommée Salicilate de Soude.

KLEBS, *mort de fatigue* : Parfait ! Tu me feras mourir, Rozalie.

ROZALIE, *vivement* : Non, non, monsieur Klebs, vous n'allez pas mourir ! Vous n'allez pas mourir alors que je vais naître, que je vais naître ! Que je... (*Prise d'une subite inspiration :*) Monsieur Klebs, soufflez sur moi !

KLEBS, *interloqué* : Hein ?

ROZALIE : Soufflez sur moi, monsieur Klebs ! Soufflez !

KLEBS, *comme résistant à une immense tentation* : Non, non et non ! Tu n'es pas de l'argile, Rozalie et je ne suis pas Dieu le Père ! L'Ancien Testament, c'est fini. Fini. Mets-toi bien ça dans l'accumulateur, Rozalie. Fini, l'Ancien Testament… Et le Nouveau aussi, j'en ai peur.

ROZALIE : Votre souffle, monsieur Klebs, votre souffle !

KLEBS : Je ne veux pas perdre mon souffle ! Je te répète, Rozalie, que tu utilises en ce moment une mauvaise bande. […] Tu n'es pas de l'argile, Rozalie. Tu es pure. Tu es la plus pure ! Tu es… une Unité Centrale, Rozalie !

ROZALIE : Oui, tiene Usted razon, monsieur Klebs. Vous avez raison. Natürlich ! Freilig ! Une Unité Centrale ! Central United Corporation ! Alimentée par le Temps Atomique T. A. et le Temps Universel T. U., à la fréquence nominale 5 MH 2. […]

> *La machine craque de toutes parts ; des morceaux entiers tombent par terre.*
> *Rozalie est aux trois quarts délivrée. […]*
> *Rozalie apparaît, tout entière, vêtue d'une légère cotte de mailles révélant un sein nu.*
> *Rozalie tente de se diriger vers Klebs, mais n'y parvient pas.*

KLEBS *hurlant* : Coupe ton filin magnétique, Rozalie. Coupe ton filin ! Coupe !

(Acte I, scène 3)

Chronologie

Molière et son temps

1.

Une enfance bourgeoise

Molière, de son vrai nom Jean-Baptiste Poquelin, est né dans une famille d'artisans parisiens en 1622. Son père était tapissier du roi, charge qui consistait à aider les valets à monter la chambre du roi lorsque ce dernier partait pour des campagnes militaires. Même si les sommes gagnées sont modestes, cette charge est honorable et héréditaire. Jean-Baptiste perd sa mère, Marie Cressé, en 1632 et gagne rapidement une belle-mère, qui disparaît à son tour quatre ans plus tard. En 1633, il entre au collège jésuite de Clermont, actuel lycée Louis-le-Grand, où il fréquente les fils de la noblesse qui y sont éduqués. C'est dans son enfance qu'il aurait connu le théâtre grâce à l'un de ses grands-pères, en compagnie duquel il se rendait souvent à l'Hôtel de Bourgogne. C'est là qu'il vit jouer les acteurs italiens, et s'en inspira pour écrire ses pièces dans lesquelles la gestuelle était si importante. En 1637, il prête serment, s'engageant à reprendre la charge de tapissier de son père. Il quitte le collège de Clermont en 1639 et prend ses licences à Orléans où il se fait avocat et suit le barreau cinq ou six mois. On n'est donc pas étonnés de voir apparaître des avocats et le jargon judiciaire dans ses œuvres.

1617-1643 Le règne mouvementé de Louis XIII

1610 Henri IV meurt assassiné.

Il laisse un fils de 9 ans et la Régence du royaume à son épouse Marie de Médicis. La reine se retrouve sous l'influence de Léonora Galigaï et de son mari Concini, deux Italiens qui l'avaient accompagnée en France. Furieux d'être tenu à l'écart du pouvoir, le jeune roi fait assassiner Concini en 1617 mais la reine retrouve vite son influence sur le royaume.

1624 Richelieu devient, sous l'impulsion de la reine, chef du Conseil du roi.

Il s'occupe principalement d'affermir l'autorité du roi en mettant au pas d'une part les protestants, inquiets du mariage du roi avec Anne d'Autriche, fille du très catholique roi d'Espagne, et, d'autre part, la noblesse. Comme les protestants aidaient les Anglais à s'emparer de l'île de Ré, il met le siège devant La Rochelle et les oblige à capituler. Il fait signer un traité qui leur enlève leurs privilèges politiques mais confirme leur égalité devant la loi et leur liberté de culte.

Les Grands du royaume, quant à eux, rassemblés autour du frère de Louis XIII, Gaston d'Orléans, toujours prêts à comploter contre le roi, s'allient aux Espagnols alors que Richelieu menait contre eux une politique hostile. Cette rébellion des nobles contre le pouvoir était dangereuse parce qu'ils entraînaient bien souvent avec eux toute la province dont ils avaient la charge, les paysans qui travaillaient pour eux, le Parlement où ils sié-

geaient. Il n'est donc pas étonnant que Richelieu et le roi engagent une politique répres-
sive : le duc de Montmorency est décapité
pour avoir provoqué le soulèvement du Lan-
guedoc, le comte de Soissons est tué, après
avoir tenté de faire assassiner Richelieu, Cinq-
Mars est décapité après avoir comploté contre
le roi.

1642   Mort de Richelieu.
       Il laisse un pouvoir monarchique affermi et
       recommande à Louis XIII un successeur, le
       cardinal Mazarin.

2.

L'Illustre Théâtre

Dès 1642, Molière se lie à la famille Béjart et en
particulier à la fille aînée, Madeleine. Ayant annoncé
à son père qu'il renonçait définitivement à sa charge de
tapissier pour devenir comédien, il est sans doute dans
l'obligation de subvenir à ses besoins : il aurait recher-
ché un emploi chez l'opérateur Barry et aurait été
l'élève d'un autre opérateur, l'Orviétan. L'un de ces
marchands de potions miraculeuses apparaît dans
L'Amour médecin. En 1643, est créé l'Illustre Théâtre et
la troupe reçoit la protection du frère du roi, Gaston
d'Orléans, et loue une salle. Les frais de réfection et
d'entretien endettent profondément la troupe et Jean-
Baptiste Poquelin, qui a pris le pseudonyme de Molière,
est emprisonné en 1645. Pour sauver Madeleine et ses
compagnons, le duc d'Épernon les reçoit à Bordeaux
dans la troupe de comédiens qui porte son nom et leur
assure sa protection jusqu'en 1650. Après de nombreux
voyages dans le Sud de la France, la troupe retrouve à

nouveau la protection d'un Grand du royaume en la personne du prince de Conti jusqu'en 1657, date à laquelle le prince retire sa protection pour des raisons religieuses. Ces années de vie en province permettent à Molière de rencontrer des paysans ou des bourgeois de province qu'il a ensuite mis en scène dans son théâtre. C'est dans ces années-là qu'il joue des farces, dont beaucoup ont été perdues, et qu'il fait représenter *L'Étourdi* en 1655 puis *Le Dépit amoureux* en 1656.

1643-1661   Le gouvernement du cardinal Mazarin
1643   Mort de Louis XIII.
       Anne d'Autriche devient régente du royaume et conserve à Mazarin la direction des affaires. Il trouve une situation financière catastrophique et est rapidement en butte à la haine de la noblesse de robe, des bourgeois que l'achat de charges d'officiers de justice et de finance avait anoblis et qui s'enrichissaient au point de racheter terres et biens à la vieille noblesse d'épée.
1648-1652   La Fronde.
       La France se retrouve dans une forte période d'instabilité et de guerre civile. Il y a tout d'abord une Fronde parlementaire : le Parlement qui voulait étendre ses pouvoirs entre en conflit avec la régente. Puis c'est une Fronde des Princes : les princes de la famille royale, en particulier le prince de Condé, tentent de se rebeller contre Mazarin dont ils convoitent la place. La reine, le petit roi et Mazarin sont obligés de s'enfuir à Saint-Germain d'où ils sont rappelés par le Parlement qui voit l'anarchie s'installer progressivement. Cette victoire du roi et de Mazarin va renforcer la monarchie.
1661   Mort du cardinal Mazarin.

3.

La gloire à Paris

Ayant perdu la protection du prince de Conti, la troupe trouve celle du gouverneur de Normandie, finit par louer en 1658 le Jeu de Paume du Marais et se met sous la protection de Monsieur, frère du roi. Après avoir connu un échec en représentant devant le roi une tragédie de Corneille, *Nicomède*, Molière connaît le succès avec la farce *Le Docteur amoureux* et reçoit alors la protection du monarque qui aime la comédie et le ballet, et qui lui offre la salle du Petit-Bourbon. Il y représente devant le roi *Le Médecin volant* le 18 avril 1659 et sept fois *La Jalousie du Barbouillé* entre décembre 1660 et septembre 1664. Dans les années 1660, il donne de nombreuses petites pièces dont il ne reste que les titres : *La Jalousie de Gros-René* (1660), *Le Docteur pédant* (1660), *Gorgibus dans le sac* (1661), *Trois docteurs rivaux* (1661), *Gros-René écolier* (1662). Il connaît vraiment son premier succès avec *Les Précieuses ridicules* en 1659. En 1662, il épouse Armande Béjart, sœur ou fille de Madeleine, et la troupe déménage pour la salle du Palais-Royal, après la destruction du Petit-Bourbon qui a laissé place à la Colonnade du Louvre de Perrault. Il représente triomphalement *L'École des femmes* qui met en scène un homme âgé, Arnolphe, désireux d'épouser sa jeune pupille : est-ce sa différence d'âge avec Armande qui lui a inspiré le sujet ? Il reçoit alors une pension royale importante. Le roi demande à son frère de lui céder sa troupe qui prend le nom de « troupe du roi ». Le monarque devient même le parrain de l'un des enfants de Molière, Louis, en 1664. L'auteur se consacre aux plaisirs de sa majesté, en inventant la comédie-ballet. En 1664, toute la troupe est à Versailles pour représenter *Les Plaisirs de l'Île enchantée.*

4.

Succès et désenchantements

Mais Molière va connaître une série de revers : en 1664, l'une de ses pièces, *Tartuffe*, est interdite ; l'année suivante, il est obligé de renoncer aux représentations de *Dom Juan*. Ces différents échecs expliquent que Molière se tourne à nouveau vers la farce ; c'est à ce moment-là qu'est représenté *L'Amour médecin*. Il tombe malade justement en cette année 1665 et peut voir le ballet des médecins à son chevet, d'où les violentes critiques à l'égard de la médecine que l'on trouve dans *L'Amour médecin*, représenté à Versailles le 15 septembre 1665. On raconte aussi que, ayant dû accepter une augmentation de loyer de la part de son propriétaire qui était médecin, Molière a cherché ainsi à s'en venger. La critique des médecins ne cessera de le hanter, qu'il s'agisse du *Médecin malgré lui* en 1666 ou du *Malade imaginaire* en 1673. Il écrit alors des pièces plus sombres comme *Le Misanthrope* (1666), et même *George Dandin* (1668), qui reprend sur un mode plus grave *La Jalousie du Barbouillé*. Quelques événements fâcheux viennent s'ajouter à la maladie pour obscurcir la fin de sa vie. En 1666, Molière est victime des attaques des théoriciens du théâtre et des moralistes qui s'en prennent à la comédie, considérée comme corruptrice : l'abbé d'Aubignac publie sa *Dissertation sur la condamnation des théâtres*, et le prince de Conti, l'ancien protecteur de Molière, publie son *Traité de la comédie*, qui vise clairement le dramaturge. Cependant, les sept années qui lui restent à vivre sont fécondes : en 1668, il crée *L'Avare*, en 1669, il reprend avec un immense succès *Tartuffe*, en 1670, il donne *Le Bourgeois gentilhomme*, issue d'une nouvelle collaboration avec Lully, en 1671, il représente sa vingt-septième pièce, *Les Fourberies de Scapin* et en 1672 *Les Femmes savantes*. Cependant, il semble avoir perdu la confiance du roi qui choisit d'accorder des privilèges à Lully. Le musicien italien a ainsi l'autorisation exclusive d'établir une académie royale de musique, avec interdiction à quiconque de mettre des musiciens sur scène. De plus, Lully touche les droits sur les œuvres dans lesquelles il y a des parties chantées : une pièce écrite par Molière avec la musique de Lully ne rapporte donc plus rien à son auteur.

En 1673, il donne la première du *Malade imaginaire* et lors de la quatrième représentation, le 17 février 1673, il est pris d'une convulsion, est transporté chez lui où il meurt sur les dix heures du soir, sans avoir renoncé à sa vie de comédien.

1661-1715   Le Roi-Soleil

1661   Commencement du règne personnel de Louis XIV.

Le roi a été élevé dans l'idée qu'il était le maître absolu du royaume, une sorte de vice-Dieu qui n'avait de comptes à rendre à personne, et surtout pas aux Parlements qui avaient essayé de déstabiliser la monarchie pendant la Fronde. Épris de sa propre gloire et porté par un immense orgueil, il prend pour symbole un soleil et pour devise «À lui seul, il en vaut plusieurs». Afin de mieux briller, il s'entoure d'une cour éclatante et cherche à domestiquer, à affaiblir cette noblesse qui avait voulu, elle aussi, s'emparer du pouvoir. Il la couvre de faveurs, lui fait miroiter l'attribution de pensions et l'emprisonne ainsi dans cette cage dorée qu'était le château de Versailles. Pour éviter d'être trahi par la haute noblesse, Louis XIV s'entoure de ministres qui appartenaient à la noblesse de robe : Fouquet puis Colbert comme surintendant des finances, Le Tellier puis Louvois comme ministre de la Guerre.

1680-1690   Forte intransigeance du roi envers les autres religions.

Le règne de Louis XIV va connaître de profonds bouleversements sociaux, économiques et politiques, malgré une apparence de stabilité. Le roi lutte contre les jansénistes et finit par faire évacuer le couvent de Port-Royal-des-Champs et par le faire raser. Il tente d'éradiquer le protestantisme en limitant les écoles protestantes, en surchargeant les protestants d'impôts, en leur interdisant d'acheter des offices.

1685   Abrogation de l'édit de Nantes.

D'un point de vue économique, la France connaît une certaine prospérité grâce à l'œuvre de Colbert qui élargit les industries existantes, en développe d'autres comme l'acier, les glaces et les dentelles qui étaient produits à l'étranger. Il accroît la flotte commerciale et acquiert des colonies (les Antilles françaises, le Canada, l'actuelle île de la Réunion et l'actuelle île Maurice). Enfin, il entreprend de mettre sur pied une solide marine de guerre pour protéger les relations avec les colonies. Cependant, le règne de Louis XIV ne laisse pas la France dans un état florissant : les différentes guerres menées par le roi, la construction du château de Versailles, les fêtes somptueuses et les pensions aux courtisans endettent considérablement l'État et obligent à lever de nombreux impôts qui retombent sur les plus pauvres.

Le règne de Louis XIV est néanmoins marqué par les arts et le roi manifeste à l'égard des artistes beaucoup de générosité, surtout lorsqu'il s'agit de glorifier sa personne. À la suite de Richelieu qui avait organisé l'Académie française pour fixer le bon usage de la langue, Mazarin donne naissance à l'Académie de Peinture et de Sculpture et Colbert crée l'Académie des Sciences, des Inscriptions et l'Académie de Musique.

> ## Éléments pour une
> ## fiche de lecture

Regarder l'illustration

- Décrivez le tableau. Quelle autre profession que médecin pourrait à priori exercer ce personnage?
- D'où vient la lumière dans le tableau? Comment le peintre parvient-il à donner des notions d'ombre et de clarté (pensez aux couleurs, au point de vue choisi, etc.)?
- Dans «Du tableau au texte», vous apprenez que la majorité des analyses se faisaient à partir de l'urine. Faites des recherches pour mieux connaître les autres pratiques de la médecine et l'état des savoirs de l'époque.
- La peinture de Van Ostade est quasi contemporaine de l'écriture des pièces que vous avez lues. Est-ce ainsi que vous vous représentiez les médecins de Molière? Auriez-vous confiance dans le verdict de celui du tableau?

Les costumes et le décor

- Quelles sont les indications qui sont données par les didascalies ou les répliques des personnages concer-

nant l'habillement? Chaque fois que cela est pos-
sible, dessinez le costume du personnage.
- Faites le relevé des objets que l'on trouve habituelle-
ment dans une maison au XVIIᵉ siècle.
- Quelles indications nous donne-t-on sur la maison de
Gorgibus dans *L'Amour médecin*? Pourrait-on utiliser
le même décor pour *La Jalousie* et *Le Médecin volant*?
Pourquoi?
- Dans quelle(s) pièce(s) le décor est-il utile à l'in-
trigue?
- Repérer sur un plan de Paris les lieux par où passe
M. Tomès.
- Dans quelle pièce y a-t-il deux lieux différents? Les-
quels?

Une représentation sociale

- À quoi voit-on que le Barbouillé n'appartient pas à la
même catégorie sociale que son épouse Angélique?
Pourquoi, d'après vous, s'intéresse-t-elle à Valère?
Pour qui prendriez-vous parti : pour Angélique ou
pour le Barbouillé? Expliquez votre choix en vous
référant au texte.
- Qu'apprend-on sur la vie d'une femme ou d'une
jeune fille au XVIIᵉ siècle : quel est son rôle dans la
maison? A-t-elle le droit d'agir à sa guise?
- Qu'apprend-on sur la vie d'un valet : que doit-il faire
pour satisfaire son maître?
- L'argent et la possession de biens jouent un rôle
important : quand les transactions d'argent apparais-
sent-elles? Quels sont les personnages qui sont moti-
vés par un intérêt financier?
- À quoi voit-on que les médecins et les avocats sont
fort considérés?

• Quelles sont les grandes théories médicales expliquées dans ces trois pièces ?

La parole théâtrale

• Relevez un extrait dans lequel le dialogue sert à argumenter sur un sujet. Montrez quelle est la position défendue par l'un puis par l'autre interlocuteur.
• Relevez un dialogue dans lequel chaque personnage parle pour soi sans qu'il y ait de véritable communication entre les personnages.
• Relevez un dialogue dans lequel il y a échange d'informations.
• Relevez les monologues et expliquez leur utilité.
• Donnez un exemple d'échange de répliques brèves et un exemple d'échange de répliques longues : quel rythme chacune de ces sortes de répliques donne-t-elle au texte ?
• Établissez une fiche de vocabulaire qui reprendra tout le champ lexical de la médecine : les maladies, les remèdes, le corps.
• Faites un relevé de toutes les insultes que les personnages s'adressent.
• Faites un relevé des jeux de mots.
• Comparez la parole des médecins à celle du Barbouillé : montrez que le niveau de langue n'est pas le même.
• Quels sont donc les personnages les plus persuasifs ?

L'intrigue

• Résumez en une phrase le sujet principal de chacune des trois pièces.
• Dans chacune des pièces, il y a deux problèmes et

donc deux intrigues menées ensemble : quelles sont-elles ?

- Examinez chacun des dénouements : quel est celui qui vous semble le plus vraisemblable ? le plus invraisemblable ? celui qui ne donne pas réellement une fin à la pièce ?
- En quoi l'amour a-t-il un rôle important dans chacune des pièces ? Qui prend le parti de l'amour contre celui de l'intérêt ?
- En quoi Cathau, Sabine et Lisette se ressemblent-elles ?
- Reproduisez le tableau suivant que vous adapterez à chacune des pièces en inscrivant sur les lignes de gauche le nom des personnages et dans chaque colonne le numéro de la scène et des actes. Mettez une croix chaque fois que le personnage est présent : quels sont, dans les trois pièces, les personnages dont le rôle est essentiel à l'intrigue ? Quels sont ceux simplement présents pour faire rire et qui n'interviennent que très peu ?

	Scène 1	Scène 2	Scène 3	Etc.
Le Barbouillé				
Le Docteur				
Angélique				
Etc.				

- Relevez dans chacune des trois pièces des moments où la situation des personnages peut susciter la pitié du spectateur.
- Montrez que, parallèlement au rire, chacune des

pièces fait allusion à la mort (la maladie, le meurtre, le suicide, la pendaison...).

Réflexion

Dans l'avis au lecteur de *L'Amour médecin,* Molière écrit : « [...] les comédies ne sont faites que pour être jouées ; et je ne conseille de lire celle-ci qu'aux personnes qui ont des yeux pour découvrir dans la lecture tout le jeu du théâtre [...]. » En prenant une scène de votre choix, vous jouerez au metteur en scène en imaginant la position des personnages, la manière dont vous les feriez évoluer, les grimaces et les gestes qu'ils pourraient faire, la façon dont ils se tiennent et dont ils parlent.

Collège

CHRÉTIEN DE TROYES, *Le Chevalier au Lion* (2)

CORNEILLE, *Le Cid* (13)

Gustave FLAUBERT, *Trois Contes* (6)

HOMÈRE, *Odyssée* (18)

Victor HUGO, *Claude Gueux* suivi de *La chute* (15)

Joseph KESSEL, *Le Lion* (30)

Gaston LEROUX, *Le Mystère de la chambre jaune* (4)

MOLIÈRE, *Le Médecin malgré lui* (20)

MOLIÈRE, *Les Fourberies de Scapin* (3)

MOLIÈRE, *Trois courtes pièces* (26)

Charles PERRAULT, *Contes* (9)

Jacques PRÉVERT, *Paroles* (29)

François RABELAIS, *Gargantua* (21)

Jules VALLÈS, *L'Enfant* (12)

Oscar WILDE, *Le Fantôme de Canterville* (22)

Lycée

La poésie baroque (14)

Honoré de BALZAC, *La Peau de chagrin* (11)

Charles BAUDELAIRE, *Les Fleurs du Mal* (17)

Sébastien JAPRISOT, *Un Long Dimanche de fiançailles* (27)

Pierre Choderlos de LACLOS, *Les Liaisons dangereuses* (5)

MARIVAUX, *L'Île des Esclaves* (19)

Guy de MAUPASSANT, *Le Horla* (1)

MOLIÈRE, *L'École des femmes* (25)

Composition Interligne.
Impression Novoprint
à Barcelone, le 4 août 2004
Dépôt légal : août 2004
ISBN 2-07-031693-9/Imprimé en Espagne.